AF138747

Sternsucher und Glückbringer

Hedi Weiler

Bibliografische Information der Deutschen Nationalbibliothek:

Die Deutsche Nationalbibliothek verzeichnet diese Publikation in der Deutschen Nationalbibliografie; detaillierte bibliografische Daten sind im Internet über http://dnb.d-nb.de abrufbar.

Herstellung und Verlag:

BoD – Books on Demand, Norderstedt

Layout: Alica Weiler

Cover: Anita Kretz

ISBN 978-3-7392-0221-1

Inhalt

Wolf und Adler

Weit im Osten, dort wo die Sonne früher aufgeht als anderswo, liegt ein ganz und gar unwegsames Land. Es ist eingeschlossen zwischen hohen Bergen und vor Urzeiten haben Flüsse und Bäche zwischen die immer mit Schnee bedeckten, weißhäuptigen Majestäten ein tiefes Tal gegraben. Sie haben Erde angeschwemmt und Felsbrocken abgelegt und auf diesem fruchtbaren Teppich wuchs ein mächtiger Wald. Würde man dieses Tal finden und an den himmelhohen Bäumen hinaufschauen, dann hätte man das Gefühl, dass ihre Wipfel die Sterne berühren.

Weil diese Gegend so unzugänglich ist und so weit im Osten liegt, besucht der Winter sie besonders gerne. Er hat sie im Lauf der Jahre lieben gelernt und irgendwann wurde sie zu seiner Heimat. Er hat dem Tal den Namen Winterland gegeben und er teilt seine Heimat mit Wölfen und Bären, Hasen, Eichhörnchen, Mäusen, Rehen und Hirschen, mit dem Adler und mit vielen anderen Tieren. Außerdem hat Winterland einen Vorteil, der dem Winter sehr entgegenkommt: In Winterland gibt es keine Menschen. Es ist nicht so, dass der Winter die Menschen nicht leiden kann, doch sie stören ihn oft in seinem Wohlbefinden. Wie sie über seine weiße Pracht fluchen und schimpfen und wie schnell sich in den Städten seine Kristallwelt in schmutzigen Matsch verwandelt. Wie achtlos und missmutig sie versuchen, ihn fortzufegen. Nur die Kinder, die mögen ihn. Sie staunen, wenn er Eisblumen an Fensterscheiben malt und sie lieben es, durch seine weiche, schneeweiße Watte zu toben.

Es ist schon einige Jahre her, da hielt sich der Winter kurz vor dem Weihnachtsfest wieder einmal in Winterland auf. Er wollte eine kurze Pause einlegen und Atem holen, bevor er Teile der Erde in das weiße Festkleid hüllen würde. Außerdem wollte er etwas tun, das er sich schon lange vorgenommen hatte. Er wollte seiner geliebten Heimat die Weihnachtsgeschichte erzählen und so berichtete er von dem Kind in der Krippe und von der großen Freude, die in der Christnacht vom Himmel fiel, vom Weihnachtsmorgen, als das Christkind zum ersten Mal die Sonne sah und von dem großen Frieden der alles Lebende berührte. Winterland hörte der Erzählung des Winters zu und nahm die Weihnachtsgeschichte begeistert auf. Jeder Baum, jeder Strauch, alle Wölfe, Bären, Rehe, Hirsche, Mäuse, alle Tiere hörten sie, sogar der Adler, der hoch oben in den Bergen wohnte und der so stark war, dass er in seinen Krallen mühelos einen Wolf davontragen konnte. Und so kam es, dass nicht nur der Winter in Winterland zu Hause war, sondern auch das Geschehen der Heiligen Nacht.

Wieder einmal hatte der Winter in Winterland seine weiße, glitzernde Pracht hinterlassen und es war Weihnachtsabend. Der Himmel war klar und kalt, die Sterne funkelten und in Winterland erzählten sich die Bäume und die Tiere die Weihnachtsgeschichte. Selbst der mächtige Adler war dabei, er saß auf der himmelhohen Spitze einer Tanne und hörte mit. Kein Tier gab es an diesem Abend, das auf der Jagd gewesen wäre. Die Rehe sprachen mit den Wölfen und die Füchse mit den Bären und der Adler saß still und schrie nicht wild und laut. Als er davonflog gab er sich alle Mühe, dass das Rauschen seiner Flügel kein Tier erschreckte und er hätte etwas dafür gegeben, wenn er mit sanfter und klarer Stimme ein Weihnachtslied hätte singen können. Friede war in Winterland. Kein Tier jagte, keines fror, keines hatte Hunger, die Tannen bewegten sich im Winterland-Wind und rauschten andächtig, der Schnee funkelte und vom Himmel fiel der Friede der Heiligen Nacht.

Und dann war doch einer unterwegs: Ein grauer, besonders starker, gerissener Wolf. Einer, den die Weihnachtsgeschichte noch nie interessiert hatte und der sich über diese Gefühlsduselei immer gewundert hatte. Doch er hatte sein Unverständnis nie gezeigt, er hatte sich immer bedeckt gehalten, er hatte immer besonders scharf beobachtet und er hatte sich nie gegen den Gedanken wehren können, dass die Christnacht eine besonders ergiebige Nacht für die Jagd sein könnte. Seit er denken konnte, musste er sich in dieser Nacht zusammenreißen, dass sein Jagdtrieb nicht mit ihm durchging, denn schließlich wollte er es sich mit den anderen Wölfen nicht verderben. Doch dieses Jahr hatte er es endgültig satt. Schon seit Tagen hatte er sich von seinem Rudel getrennt, war eigene Wege gegangen und hatte sich eine Reihe von Rechtfertigungen ausgedacht.

„So ein Unsinn", murrten seine dunklen Gedanken. „Kind in der Krippe. Friede auf Erden. So etwas können sich nur Menschen ausdenken. Das Leben ist doch ein

Kampf. Man muss sich doch nehmen, was sich bietet. Alles Heuchler. Tun an Weihnachten so, als wäre der Planet ein friedvoller Ort und kaum ist Weihnachten vorbei, dann sind sie alle wieder auf der Jagd. Alle."

Mit diesen dunklen Gedanken im Kopf und ohne Weihnachtsfreude im Herzen schlich der Wolf am Weihnachtsabend durch den Wald. Seine Ohren waren gespitzt und seine Nase arbeitete aufgeregt, sein Körper war angespannt und die Tannen, Buchen und all die anderen Bäume, aber auch der Winterland-Wind erkannten sofort, was der Wolf vorhatte. Vor allem der Wind wusste Bescheid. Er hatte Winterland schon oft verlassen, war über Städte und Dörfer gestrichen und kannte die Kräfte der Versuchung aber auch die Macht der dunklen Gedanken und er sah dem grauen Wolf zu, wie er gerade im Begriff war, sein dunkles Denken in die Tat umzusetzen. Doch weil der Wind weise war und nicht urteilte, weil er tief blicken konnte und das Bewegliche und Wandelbare liebte, empfand er keine Abscheu beim Anblick des jagenden Wolfes. Ganz im Gegenteil. Da war einer unterwegs, der sich an nichts hielt. Ein Ungläubiger, der auf der Suche war. Einer, der sich keinen Frieden gestattete und der die Weihnachtsfreude nicht zulassen konnte. Einer, der auf seinem ureigenen Weg war, um etwas Wesentliches zu finden. Einer, der sich wandeln würde.

Ohne dass sie sich absprechen mussten, begannen der Wind und die Tannen miteinander zu arbeiten. Die Tannen verwischten mit ihren langen Nadelarmen die Spuren der Tiere und der Wind verwehte ihren Geruch. Es gab nichts was dem Wolf bei der Jagd geholfen hätte: keine

Spur, keine Witterung, keinen Hinweis. Immer wütender wurde der Wolf, während er mit seiner Nase im Weihnachtsschnee schnüffelte.

„So eine verdammte Nacht", fluchte er. „Haben sich denn alle in Luft ausgelöst? Oder gibt es einen geheimen Ort, an dem sich alle treffen und von dem ich nichts weiß? Ach was, es wäre doch gelacht, wenn ich sie nicht finden würde. Am Ende spielen sie so ein komisches Krippenspiel oben in den Bergen. Die Bärin spielt die Maria und der Hirsch spielt den Josef und ein junger Wolf spielt das Kind. Und anschließend hocken alle beieinander und jodeln diese komischen Weihnachtslieder."

Für einen Augenblick rutschte der Wolf aus seiner dunklen Gedankenwelt und stellte sich vor, wie die Bären und Hasen, Rehe und Wölfe, Füchse, Eichhörnchen und Mäuse oben in den Bergen friedlich das Weihnachtsfest feierten.

„So wird es sein", beschloss der Wolf. „Ich muss hinauf in die Berge."

Durch tiefen Schnee arbeitete sich der Wolf bergauf. Es trieb ihn regelrecht und obwohl der Aufstieg anstrengend und Kräfte zehrend war, gönnte er sich keine Pause. Der Wind begleitete den Grauen und er wusste, welche Feder sich in dem Wolf spannte. Hassgefühle beherrschten sein Herz und die Verlassenheit und die Ausgeschlossenheit beherrschten seinen Kopf. Und dann sah der Wind noch etwas ganz anderes. Er sah, dass aus dem Wolf ein Getriebener geworden war und dass er den Grund für seinen rücksichtslosen Aufstieg schon längst vergessen hatte.

Der Wolf war nicht mehr auf der Jagd nach Beute. Er jagte sich selbst.

„Nun bist du auf der Spur, lieber Wolf", lächelte der Wind. „Auf deiner Spur. Nur so kannst du finden, was du suchst."

Immer steiler wurde der Aufstieg, die Krallen des Wolfes bohrten sich in Eis und Schnee und er zog sich mühsam bergauf. Die Christnacht war noch immer klar und neigte sich dem Weihnachtsmorgen zu, der Glanz der Sterne verlor sich und spielte zum Abschied, weil es so schön gewesen war, noch einmal mit dem Glitzern des Schnees. Der Wolf hatte kein Auge für die Schönheit rings umher und er bemerkte auch nicht, dass es schon längst keine Bäume mehr gab und dass er nicht mehr weit von einem majestätischen Gipfel entfernt war. Der Krieg in seinem Wolfshirn tobte stärker als je zuvor und ein unbändiger Zorn stieg aus seinem Herzen. Mit seiner letzten Kraft und mit dem Hohn und Spott der vergangenen Jahre kämpfte er gegen den Weihnachtsfrieden und er war nicht bereit, auch nur einen hellen Gedanken aufkommen zu lassen.

Als der Wolf auf dem Gipfel angekommen war, dämmerte der Weihnachtsmorgen. Der Wind war noch immer bei ihm, er hatte ihn nicht aus den Augen gelassen. Er hatte zugeschaut, wie sich der Wolf in die Aussichtslosigkeit verstieg, denn oben auf dem Gipfel gab es kein Vorwärts mehr aber auch kein Zurück.

Und außerdem gab es einen, der nahe beim Gipfel wohnte und der Wind wusste, dass demjenigen die Ankunft des Wolfes nicht verborgen bleiben würde. Federleicht setzte sich der Wind auf dem Gipfel ab, schlug die Beine übereinander und wartete voller Spannung auf das, was geschehen würde.

Der Wolf war völlig erschöpft, weißer Schaum stand zwischen seinen Reißzähnen und tropfte über seine Lefzen in den Schnee. Seine Augen waren blutunterlaufen, er hechelte und seine Zunge hing weit heraus. Als er auf dem schmalen Gipfelgrat angekommen war, durchzuckte den Wolf ein heftiger Schreck. Er starrte in einen Abgrund, Schwindel erregend fiel der Bergrücken ab, tief hinab ins Winterland-Tal.

„Wo bin ich nur hingeraten", dachte er und schaute sich um. Im Osten färbte sich der Himmel rosarot und inmitten dieses Rosarotes wurde dem Wolf langsam bewusst, wo er hingeraten war. Er war auf den hohen Berg gestiegen, auf jenen Berggipfel, den ein Wolf niemals betreten würde. Er war in die Heimat des Adlers eingedrungen.

„Leise", dachte der Graue und zog seine Zunge ins Maul zurück. „Jetzt nur keinen hörbaren Atemzug."

Er duckte sich in den Schnee, drückte den Kopf zwischen die Vorderläufe und lauschte angestrengt. Und dann hörte er es. Er hörte das Rauschen von zwei mächtigen Flügeln und kurze Zeit später spürte er den Windzug des Flügelschlages und er fürchtete:

„Der Adler ist über mir!"

Entsetzen packte den Wolf und er wartete darauf, dass sich scharfe Krallen in sein Fleisch bohren würden. Er fühlte sich ausgeliefert und ohnmächtig denn ihm war klar, dass er nicht fliehen konnte. Obwohl der Wolf seine Augen angstvoll geschlossen hielt spürte er, wie der

Mächtige über ihm seine Kreise zog. Er lag da und warte-te, er wartete auf den Schmerz und auf den Angriff, ein hilfloser grauer Fleck im weißen Schnee. Er wartete und wartete, doch nichts geschah. Es rauschte und rauschte, die Sonne schickte ihre ersten Strahlen über Winterland und über den Gipfel und da war es, als hätten die Son-nenstrahlen eine Weihnachtsbotschaft dabei. Fassungslos und ganz vorsichtig wagte es der Wolf, diese Botschaft zu denken:

„Er wird sich doch nicht an das Weihnachtsgesetz halten?", dachte er. „Der Adler wird doch nicht etwa auf die Jagd verzichten? Er wird mich am Ende doch nicht verschonen? Mich, den Wolf? Keiner würde es bemerken, wenn er mich hier oben schlagen würde. Völlig ungestraft könnte er das Weihnachtsgesetz brechen. Niemand wäre ihm böse."

Eine zarte Hoffnung erwachte in dem Grauen und sie gewann immer mehr Kraft. Schließlich erfasste sie ihn ganz und gar und dann erwachte sein Mut. Er setzte sich auf, öffnete seine Augen und sah den Adler kreisen. Di-rekt über seinem Kopf flog er seine Bahn, er war in das Licht der Weihnachtssonne getaucht und er war unglaub-lich schön. Nichts Bedrohliches ging von ihm aus, es schien als wäre er direkt vom Weihnachtshimmel gefallen, so festlich und so hell war der Mächtige. Irgendwann verstand der Wolf, dass der Adler ihn gar nicht wahr-nahm., sondern dass er seine Kreise für einen Anderen flog. Er flog aus Freude. Er flog zu Ehren des Herrn.

Der Wolf blieb noch lange auf dem Gipfel sitzen und sah dem Adler zu. Er bestaunte die Kraft seines Fluges und seine Hingabe und irgendwann konnte er es zulassen. Er begann den Frieden des Adlers zu spüren, er gab ihm Raum und ließ ihn wachsen und als der Friede ihn ganz erfasst hatte, als der Wolf vollkommen in ihn eingetaucht war, da konnte er die Weihnachtsbotschaft zulassen. Wie schön sie war und welche Freiheit sie schenkte. Welche Freude ihn mit dem Adler verband. Keine Furcht gab es mehr in dem Grauen, keine Gier und keinen Hass und so kam es, dass aus dem Jäger, der sich so sehr verstiegen hatte, ein Wissender wurde.

Der Wind hatte seine Freude an dem Ausgang der Geschichte und immer wenn er zur Weihnachtszeit über die Dörfer streicht, dann erzählt er sie besonders gerne. Mit Vorliebe setzt er sich an einen warmen Ofen, versammelt Jung und Alt um sich herum und berichtet von Winterland und von dem Wolf und von dem Adler. Und immer ist es die gleiche Frage, die die Menschen beschäftigt.

„Warum", fragen sie, „hast du dich gefreut, als der Wolf das Weihnachtsgesetz nicht eingehalten hat? Wieso bist du ihm mit so viel Begeisterung gefolgt?"

„Ach wisst ihr", antwortet dann der Wind. „Das ist ja das Besondere. Da hat einer den Frieden missachtet. Er hat dunkle Gedanken gedacht und machte sich auf den Weg. Er trug seine Dunkelheit den Berg hinauf und war voller Hass und Zorn. Er war blind gewesen und hatte sich ausgeliefert und verstiegen und schließlich gab es keinen Ausweg mehr. Seine dunklen Gedanken schufen ein tödliches Urteil, er lag schutzlos auf dem Gipfelgrat. Doch es gab kein Urteil. Der Adler lebte den Frieden und das Weihnachtsgesetz und so wurde der Wolf reif für die Weihnachtsbotschaft und durfte sie ganz und gar verstehen."

Ochs und Esel

Hannes und Seb lebten schon lange zusammen, auf engem Raum. Jeder war eine eigenständige, ausgeprägte Persönlichkeit und dennoch ergänzten sie sich. Was der eine nicht hatte, das hatte der andere. Seb war gutmütig und ruhte in sich selbst und trotz seines starken und kraftvollen Körpers war er weder stolz noch eingebildet. Obwohl er oft schwere Lasten trug oder zog, schien er nie sein letztes Quäntchen Kraft ausgegeben zu haben. Außerdem hatte Seb eine besondere Eigenschaft. Nur sein Freund Hannes wusste von ihr, und das war auch gut so. Weil Seb so sehr in sich ruhte und weil er immer bei sich war, hatte er eine große Feinfühligkeit entwickelt und konnte in den Menschen lesen wie in einem Buch. Er sah ihre Farben und er erkannte an ihrer Helligkeit, ob sie fröhlich oder weise waren, und an ihrer Dunkelheit, ob sie gierig waren oder voller Hass.

Hannes dagegen trug Widerstand in sich. Er war bei weitem nicht so groß und kraftvoll wie Seb, doch dafür war er zäh, und wenn man ihn ordentlich behandelte, dann war er sehr geschickt. Doch er konnte bockig werden wenn man nicht gut mit ihm umging. Dann regte sich sein Widerstand und dann brachte ihn nichts auf dieser Welt dazu, seine Arbeit zu tun. Dann war er ganz sich selbst. Dann war er Hannes, der Esel. Und um diese Eigensinnigkeit, um dieses Beharren beneidete ihn Seb, der Ochse.

Schon seit einiger Zeit plagte die Beiden eine gemeinsame, schwere Sorge. Sie waren in die Jahre gekommen, wohl noch gesund und einsatzfähig, doch der feinsinnige Seb spürte, dass die meisten Körner ihrer Sanduhr durchgerieselt waren. Das Joch drückte schwer, wenn er den Pflug oder den Ochsenkarren zog, und auch Hannes bockte oft wenn er das Wasserrad drehte. Außerdem hatte Seb beobachtet, wie dunkel der Bauer wurde, wenn er sie frühmorgens aus dem Stall holte. Aus den Blicken, die über seinen oder über Hannes Körper wanderten konnte er lesen, dass der Bauer gierig war und dass er an Fleisch und Würste dachte.

Es war an einem klaren frostigen Winterabend, die Beiden standen im Stall und Seb sagte:

„Heute müssen wir es tun, Hannes. Keine Ausrede mehr. Wir müssen verschwinden, Kälte hin oder her. Wir werden da draußen schon was zu fressen finden, zwei Kerle wie wir schlagen sich durch. Außerdem, du weißt ja wie gefährlich es jetzt für uns wird. Die Ernte ist schon längst vorbei und dem Bauern könnten die Vorräte knapp werden. Dann sind wir dran."

Nach diesen Worten schnaufte Seb tief und sein warmer Atem zauberte eine kleine, weiße Dunstwolke in den fast dunklen Stall. So ungern verließ er dieses kleine, schützende Holzgebäude mit dem duftenden Heu und der sicheren Futterkrippe. Doch er hatte schon längst verstanden, dass es keine wirkliche Sicherheit gab, schon gleich gar nicht bei so einem dunklen Menschen wie dem Bauern. Und so kam es, dass die Beiden die Dunkelheit abwarteten, und als das letzte Licht hinter den Fenstern des gegenüberliegenden Bauernhofes ausgegangen war, drückte Seb mit der ganzen Kraft seines mächtigen Körpers gegen die Stalltür. Es war wie ein Wunder: Sie sprang lautlos auf, so als hätte sie um die Not der Beiden gewusst und als hätte sie nur darauf gewartet, ihre langjährigen Bewohner in die Freiheit zu entlassen.

„So schön", sagte Seb, als sie eine Weile gewandert waren. „Schau einmal in den Himmel hinauf, Hannes. So eine Pracht." Und eine kurze Wegstrecke später fügte er hinzu: „Sag mal, Hannes, siehst du das? Es fällt so ein helles Licht vom Himmel. So etwas Großes. Als würde die Hand, die die Sterne trägt, die Erde berühren."

„Ach was", murrte Hannes und starrte absichtlich auf den Boden. „Was du wieder alles siehst. Es ist die Nacht der Befreiung, Seb. Wir sind befreit vom Joch, vom Wasserrad und von der menschlichen Dunkelheit."

Seb dachte über die Worte des Freundes eine Weile nach und meinte dann:

„Ich glaube, du hast Recht, Hannes. Diese Nacht ist neu. Vollkommen neu. Sie fühlt sich an wie eine, wie eine…"
Er suchte offensichtlich nach dem richtigen Wort und als er es schließlich gefunden hatte, sagte er: „Wie eine heilige Nacht."

Hannes, der Bockige und der Widerständler war einige Tage vor ihrer Flucht in Bethlehem gewesen. Der Bauer hatte dort eingekauft und er hatte ihn mitgenommen, um die schweren Vorratssäcke nach Hause zu schleppen. Selbstverständlich hatte Hannes in Bethlehem ab und zu ausgiebig gebockt und dabei hatte er sich umgesehen. Und auf dem Heimweg hatte er sich einen Plan ausgedacht. Ihm war eine Herberge aufgefallen und wo es eine

Herberge gab, da gab es gefüllte Futterkrippen für die Pferde und Lasttiere der Gäste, die dort übernachteten. Eine willkommene, erste Station auf ihrer Flucht. Dort könnten sie sich noch einmal so richtig voll fressen bevor sie endgültig das Weite suchen würden.

Und so erzählte Hannes von Bethlehem und Seb war begeistert von dem Plan seines Freundes. Er lobte ihn für seine Weitsichtigkeit und als sie in Bethlehem angekommen waren, hatten sie die Herberge schnell gefunden. Direkt neben dem Eingang, unter freiem Himmel und in Reih und Glied angebunden schliefen Pferde, Ochsen und Esel. Die Beiden schoben sich zwischen die Tiere und tatsächlich, die Futtergrippe war gut gefüllt. Sie fingen gerade an zu fressen, da hörten sie auf der staubigen Straße Schritte. Jemand klopfte an die Herbergstüre und kurze Zeit später drehte sich von innen ein Schlüssel. Der Wirt trat heraus, mit einer Laterne in der Hand, und in ihrem schwachen Schein konnten Hannes und Seb eine Frau und einen Mann erkennen. Sie baten um einen Platz in der Herberge, der Wirt musterte sie erst mit einem mürrischen und dann mit einem verächtlichen Blick und Hannes und Seb hörten die harten Worte, mit denen der Wirt die Frau und den Mann abwies.

„So sind sie, die Menschen", dachte Hannes. „Dabei trägt die Frau ein Kind unter ihrem Herzen und braucht dringend ein warmes Bett."

Seb dachte gar nichts, er fühlte, und da er bereits verstanden hatte, dass diese Nacht voller Wunder war, nahm er das was er sah voller Freude auf und es kam ihm so vor, als hätte er sein ganzes mühseliges Leben lang auf diesen Augenblick gewartet. An der Herbergstür, die gerade eben mit einem hässlichen Knall zugefallen war, stand eine Königin. Noch nie zuvor hatte Seb so etwas Schönes gesehen. So ein helles, klares Licht, das die Frau umgab. Heller als die Sterne. Wärmer als die Sonne. Kraftvoller als der Mond. Sanfter als der Frühlingswind. Und der Mann, der wusste offensichtlich, wen er da begleitete. Würdevoll und schützend legt er den Arm um ihre Schultern, sie gingen wortlos weiter und als sie an Hannes und Seb vorbeikamen, blieb die Frau stehen und strich zuerst dem Esel und dann dem Ochsen liebevoll übers Fell.

Hannes hatte das lange Zusammenleben mit seinem Freund Seb geprägt. Vordergründig war er immer störrisch gewesen und mit seinen vier Beinen fest auf dem Boden geblieben. Doch Sebs Sanftmut hatte schon lange in ihm Raum genommen und er liebte dieses warme Gefühl. So war er es, der sich aus der Reihe der schlafenden Tiere schob, der Frau folgte und mit einem leisen Schnauben auf sich aufmerksam machte. Er scharrte mit dem linken Huf, senkte seinen Kopf, kniete nieder und die Frau glitt auf seinen Rücken. Wie er ging und wie er sie trug! Stolz und geschmeidig wie ein Junger! Seb trottete hinterher und das erste Mal in seinem Leben beneidete er Hannes sehr. So schade, dass er ein Ochse und kein Reittier war. So gerne hätte auch er die Königin ein Stück des Weges getragen.

Als sie Bethlehem verlassen hatten, begann Seb zu ahnen, wohin Hannes die Frau tragen wollte und ein freudiges

Gefühl überschwemmte ihn. Sie waren auf dem Rückweg! Zurück in ihren Stall! Was für ein Einfallsreicher sein Freund doch war. Sie würden den Beiden ihre bescheidene Heimat anbieten. Der Königin und ihrem Mann. Sebs Gedanken flogen voraus und plötzlich verstand er, was seine Aufgabe in dieser Nacht voller Wunder sein würde. Ein Königskind würde die Welt betreten, und es war empfindlich kalt. Mit der ganzen Kraft seines Körpers und seines Atems würde er den Stall wärmen, damit es sich wohl und geborgen fühlt in dieser eiskalten Welt.

Der Bauer hatte eine ungewöhnliche Nacht hinter sich. Erst träumte er, er hätte die Stalltür nicht verschlossen. Er war beunruhigt aufgewacht, hatte nachgesehen, und tatsächlich, der Ochse und der Esel waren fort. Er war zu müde um sie mitten in der Nacht zu suchen, also legte er sich wieder ins Bett und beschloss, die verfluchten Viecher am nächsten Morgen einzufangen. Er schlief auch gleich wieder ein und rutschte in einen weiteren Traum. Und seltsam, dieser Traum war so klar und so deutlich, als wäre er dabei. Er träumte, dass Hannes der Esel eine Königin auf seinem Rücken tragen würde und dass die Sterne sie begleiten und dass der Himmel singt. Und Sebs Ochsenfell glänzte silbern und sein Körper war voller Wärme und Kraft und da war noch ein Mann, der die Königin begleitete. Er ging neben dem Esel, Bethlehem lag hinter ihnen und sie waren auf dem Weg in seinen Stall. Staunen überflutete den Träumenden, eine erwartungsvolle Freude nahm ihn auf ihre Flügel und trug ihn mit sich fort. Eine Königin auf dem Weg in seinem Stall! Ungeachtet seiner niedrigen Herkunft und seines armseligen Bauernstandes. Und dann sah der Bauer das Licht, das vom Himmel fiel. So fraglos und so sanft und so liebevoll.

Es war das Licht der Heiligen Nacht, das über die Welt, über den Stall und in das Herz des Bauern fiel. Mitten in der Nacht stand er auf, ging hinüber in den Stall und dort fand er das Kind, das dieses Licht mit sich gebracht hatte. Er kniete nieder, betrachtete es lange und war voller Dankbarkeit dass es seinen schäbigen Stall gewählt hatte, um die Welt zu betreten. Und irgendwann nahm er den Ochsen und den Esel wahr, die den Herrn zu ihm getragen hatten.

Nikolaus Weihnachtsmann

Dort, wo sanfte Hügel auf die Berge zulaufen, wo sie sich an die schneebedeckten, schroffen Riesen schmiegen, steht auf der Kuppe eines Hügels, am Rand eines dichten Tannenwaldes, ein kleines, einsames Haus. Man könnte sagen, das Haus ist mühselig. Das Dach hängt durch, die Fensterläden hängen schief und die unzähligen Holzschindeln an den Außenwänden sind grau verwittert. Hier und dort hat der Herbststurm einige Schindeln fort geblasen und der Sommerregen hat einige fort geschwemmt und die bloßgelegten roten Ziegelsteine sehen aus wie kleine Wunden.

Unten im Tal liegt ein Dorf mit einer Zwiebelturmkirche, einem Friedhof, einem Wirtshaus, einigen Häusern und einer handvoll verstreuten Bauernhöfen. Die Häuser erzählen von Wohlstand und die Bauernhöfe von satten Ernten und wenn man auf der breiten, gepflasterten Straße durch das Dorf geht, dann kann man sich nicht vorstellen, dass hier irgendjemand Not leidet. Am Ende der Dorfstraße, dort wo ein Bach aus einem unterirdischen Rohr in die Freiheit sprudelt, zweigt ein schmaler Weg ab. Er wird im Winter nicht geräumt, er ist dann zugeschneit, und doch kann man erkennen, dass auch in dieser unwirtlichen Jahreszeit auf diesem Weg jemand geht. Ein schmaler Pfad ist ausgetreten, in der Schneedecke gibt es Fußspuren und sie winden sich in Kurven den Hügel hinauf, durch eine kleine Senke und dann steil bergauf zu dem kleinen Haus mit den verwitterten Schindelwänden. Vor der Haustüre links und rechts türmt sich der Schnee, das

Dach müht sich, wie jedes Jahr, die weiße Last zu tragen und aus der löchrigen Dachrinne wachsen zahlreiche Eiszapfen. Sie hängen bis in die Fensterkreuze des eingeschossigen Häuschens und links, neben der Tür, verrät ein blaues Emailleschild den Namen des Mannes, der hier wohnt. „Nikolaus Weihnachtsmann" steht weiß auf blau geschrieben.

Als Nikolaus Weihnachtsmann noch jung war, hat er sich oft darüber geärgert, dass seine Eltern ihm ausgerechnet diesen Vornamen gegeben hatten. Genügte es nicht, dass sein Familienname Weihnachtsmann war? Musste er auch noch Nikolaus heißen? Hohn und Spott musste er wegen seines Namens aushalten, seine Schulkameraden lachten über ihn, und ganz besonders unerträglich wurde es, wenn die Weihnachtszeit nahte. Erst später wurde es besser, als Nikolaus erwachsen war und seinen Beruf wählte. Erst da begann er sich selbst aber auch den besonderen Auftrag seines Namens zu verstehen. Er arbeitete bei der Eisenbahn, in einem Bahnwärterhäuschen an einer viel befahrenen Straße, stellte Weichen und öffnete und schloss die Schranken. Er schützte die Menschen in den Blechkarossen, die Fußgänger und Zweiradfahrer vor der Gewalt der herandonnernden Züge, und sein Kurbeln an dem Eisenrad und das darauf folgende Schließen der Schranken sagte den Menschen, dass sie anhalten und warten mussten. Während seiner Tätigkeit als Bahnwärter verstand Nikolaus, dass er seinen Namen zu Recht trug und dass er eben doch ein Nikolaus war. Niemals hätte er verschlafen, er war immer hellwach und aufmerksam. Es gab keine Weiche, die er nicht ordnungsgemäß stellte und niemals hatte er es versäumt, die schützenden Schranken rechtzeitig zu schließen. Er hatte gelernt, dass das Leben Schutz braucht und Zuverlässigkeit und Aufmerksamkeit.

Nun ist Nikolaus Weihnachtsmann im Ruhestand. Er schließt keine Schranken mehr und das mit dem Weichenstellen ist auch vorbei. Doch er hat nicht ausgedient. Ganz im Gegenteil. Jetzt kommt ihm das zugute, was er in seinen langen Berufsjahren gelernt hat. Jetzt beobachtet er die Sterne, hellwach und mit großer Achtsamkeit. So wie heute, am Weihnachtsabend. Das Licht in seiner Stube ist gelöscht, auf dem Tisch brennt eine einsame Kerze, Nikolaus sitzt dicht am zugefrorenen Fenster und hat mit seinen Händen ein rundes Loch in den Eisblumenwald gerieben. Durch dieses wunderbar umrankte Loch schaut er hinaus in den Weihnachtshimmel, lässt sich hineinfallen in seine Schönheit, er beobachtet lange und scheint auf etwas zu warten, doch schließlich wird er unruhig.

„Ob er wiederkommt?", flüstert er, „oder ob er genug hat? Ob er weiter das tragen will, was die Menschen ihm zumuten? All die Sorgen und die Nöte? All die Furcht?"

Nikolaus steht auf, geht im Schein der Kerze auf und ab und dabei erinnert er sich an das, was letztes Jahr am Weihnachtsabend geschah. Wie immer war er am Fenster gesessen und hatte die Sterne beobachtet und dann war es auch so wie jedes Jahr gewesen. Ein Stern im Meer der Sterne hatte ganz besonders gefunkelt und geblitzt und schließlich war aus seiner Mitte ein Sternenstrahl gefallen, hatte den Kosmos durchquert und dann die Erde berührt. Auf diesem Sternenstrahl war ein Engel herab gewandert, mit einem leeren Sack in der Hand. Er betrat die Erde, flog dann über Städte und Dörfer, die ganze Weihnachtsnacht hindurch und kurz bevor die Dämmerung anbrach, kehrte er zum Strahl zurück. Nun hatte der Engel den Sack geschultert, er war prall voll und schwer und als er den Sternenstrahl hinaufstieg, hatte ihn die Last ins Wanken gebracht und er wäre um ein Haar vom Sternenstrahl gefallen. Ganz genau erinnert sich Nikolaus an diesen Moment und heute noch, ein Jahr danach, durchzuckt ihn bei dieser Erinnerung der Schreck.

„Falls er noch einmal kommt", murmelt Nikolaus und bleibt stehen, „muss ich ihm helfen. Unbedingt. Aber wie hilft man einem Engel, einen Sack voller Nöte und Furcht in den Himmel zu tragen? Ich jedenfalls bin zu schwach. Ich bin ein alter Mann."

Er nimmt seine unruhige Wanderschaft wieder auf und plötzlich fällt ihm etwas ein.

„Ja, das ist es", jubelt er. „Ich werde dem Engel einen Esel kaufen. Der wird ihm tragen helfen. Und bestimmt kommt er dann dieses Jahr und nächstes Jahr und all die Jahre wieder."

Mit raschem Schritt durchquert er seine Stube, hinüber zur Kommode, reißt eine Schublade auf, kramt einen alten, abgegriffenen Geldbeutel heraus und zählt den Inhalt auf den Tisch.

„Na ja, es ist nicht gerade viel. Aber es ist alles, was ich habe. Ich hoffe, es wird reichen, um einen Esel zu kaufen."

Dann nimmt Nikolaus seine Winterjacke vom Kleiderhaken an der Tür, presst einen Hut auf sein dichtes, weißes

21

Haar, zieht seine Stiefel an und wandert im Glanz der Weihnachtsnacht auf dem verschneiten, gewundenen Pfad hinab ins Tal.

Im Haus des ersten Bauern brennen die Kerzen am reich geschmückten Weihnachtsbaum, Weihnachtslieder rollen vom Band und die Familie sitzt über den zerlegten Teilen einer fetten Weihnachtsgans. Und selbstverständlich ist der Bauer ungehalten, als es an der Tür klopft.

„Bestimmt ein Bettler", murrt die Bäuerin. „Bauer, schau nach und wenn draußen so ein Taugenichts steht und etwas will, dann gib ihm nichts. Sonst kommt er am Ende nächstes Jahr wieder."

Der Bauer erhebt sich schwerfällig, öffnet die Tür und als er Nikolaus Weihnachtsmann stehen sieht, und als er seinem Anliegen zuhört und die wenigen Geldscheine und Münzen in seiner Hand wahrnimmt, wird er zornig.

„Bist du immer noch so blöd wie damals, als wir zusammen zur Schule gegangen sind?", wettert er. „Kannst wohl immer noch nicht zählen. Oder glaubst du tatsächlich, ich verkaufe dir für so wenig Geld einen Esel? Und dann auch noch deine kindische Geschichte von dem Weihnachtsengel.

Dein letzter Rest Weihnachtsmannverstand hat sich wohl himmelwärts davongemacht. Verschwinde."

Mit diesen verächtlichen Worten ist die Sache für den Bauern erledigt, er dreht sich um und knallt die Tür zu. Nikolaus bleibt einen Augenblick auf der Schwelle stehen und lauscht den bösen Worten nach. Nichts hat sich verändert, so viele Jahre lang. Alles ist so geblieben wie es war. Immer noch die alte Häme. Immer noch der Herrenmensch. Immer noch dunkle, schwere Gedanken. Eben jene Gedanken, die der Weihnachtsengel so liebevoll und mühevoll jedes Jahr himmelwärts schleppt.

Nikolaus gibt nicht auf und stapft weiter durch den Schnee. Zum nächsten Bauernhof. Und es ist seiner Nikolausart zuzuschreiben, dass er auf seinem Weg nicht zu rechnen beginnt und seinerseits dunkle, wütende Gedanken denkt. Denn, meine Damen und Herren, einmal ganz ehrlich, wie oft hat Nikolaus den Bauern mitsamt seiner eitlen Blechkarosse zuverlässig und verantwortungsbewusst vor herannahenden Zügen geschützt? Er, der dumme Nikolaus. Doch darüber denkt unser Weihnachtsmann nicht nach. Er behält sein Ziel im Auge und außerdem will er den Sack des Engels nicht füllen.

Nikolaus hat kein Glück. Niemand ist bereit, ihm für so wenig Geld einen Esel zu verkaufen. So, wie es ihm beim ersten Bauern ergangen ist, so ergeht es ihm weiterhin. Er wird beleidigt, einmal werden ihm sogar Prügel angedroht und die ganze Härte des Menschseins schlägt unserem Weihnachtsmann ins Gesicht.

Niemand nimmt ihn ernst. Keiner hört ihm zu. Niemand kennt den Engel, der sich Jahr für Jahr um die Dunkelheit müht. Der sie mit sich nimmt, hinauf zu den Sternen, damit auch die Dunkelheit Freiheit erfährt und damit sie die Sterne umarmen kann.

„Wenn sie ihn nur sehen könnten", denkt Nikolaus verzweifelt. „Wenn sie nur wissen würden, was er für sie tut. Welche großartigen Möglichkeiten er ihnen eröffnet."

Und während er sich müde in den Schnee setzt und himmelwärts schaut, stellt er sich vor wie schön es wäre, wenn die Menschen seinen Weihnachtsengel sehen und in ihr Herz lassen könnten. Wenn sie wahrnehmen könnten, wie sehr er ihre Dunkelheit achtet und wie gerne er sie zu den Sternen trägt. All ihren Groll, alle ihre Verletzungen und all ihre Sorgen. Wie hell die Menschenherzen dann werden würden und wie weit.

Inzwischen neigt sich die Weihnachtsnacht der Mitte zu, Nikolaus sitzt immer noch im Schnee und beobachtet die Sterne. Und plötzlich sieht er einen tanzen und sich öffnen und dann fällt ein goldener Strahl, wandert durchs All, neigt sich zur Erde und fällt schließlich direkt vor seine Füße. Der Sternenstrahl zeichnet ein goldenes Funkeln in den Schnee, jede einzelne Schneeflocke spiegelt seinen Glanz, Nikolaus springt auf und reibt überrascht seine Augen. So schön. So herrlich. Ein majestätischer Engel wandert über den Strahl, hinab zur Erde und dann steht er direkt vor Nikolaus im Schnee. Erst findet Nikolaus keine Worte denn so viel Schönheit hat er noch nie gesehen, doch dann verneigt sich tief und meint bekümmert:

„Es tut mir so Leid, lieber Engel. Es ist mir nicht gelungen, für dich einen Esel zu besorgen."

„Einen Esel, Nikolaus? Wozu denn das?", fragt der Engel

„Na ja, ich habe mir vorgestellt, er könnte dir helfen all die Last in den Himmel zu tragen. Du weißt doch noch, letztes Jahr. Da wärest du fast vom Sternenstrahl gefallen."

Nun muss der Engel herzlich lachen. „Ich brauche keinen

Esel, Nikolaus. Ich brauche Menschen. Menschen wie dich."

„Aber wie soll das gehen?", fragt Nikolaus ein bisschen atemlos.

„Du siehst doch, ich bin alt und schwach. Wie sollte ausgerechnet ich dir helfen, die Last der Menschen in den Himmel zu tragen?"

„Alt und schwach?", wiederholt der Engel. „Ausgerechnet du, Nikolaus Weihnachtsmann? Kannst du nicht sehen, was du gerade eben für mich getan hast? Wie stark du warst? Und das mit dem Altsein lasse ich auch nicht gelten. Und so wie ich dich kenne, fällt dir etwas Besseres ein, als mir einen Esel zu kaufen."

Mit diesen Worten fliegt der Engel davon und Nikolaus schaut ihm nach, bis er im Dorf verschwunden ist.

Ich weiß, was Nikolaus Weihnachtsmann einfallen wird und ich weiß auch, wo man ihm begegnen kann. Im Frühling wird er auf einer Parkbank sitzen, inmitten von zartem Grün und blühenden Krokussen und weil er eine so milde und liebevolle Ausstrahlung hat, werden die Menschen sich zu ihm setzen. Sie werden ihm von ihren Nöten und Sorgen erzählen, von ihren Verletzungen und von ihrer Furcht. Nikolaus wird ihnen voller Mitgefühl zuhören und wenn sie zum Ende gekommen sind und Fragen stellen, dann wird er ihnen von den großen Wundern erzählen.

„Alles hat seine Zeit", wird er sagen. „Schau die Krokusse an, mein Kind. Den ganzen Winter haben sie in der Erde verbracht, Stürme sind über sie hinweggefegt und

Kälte hat an ihnen genagt. Doch ganz tief drinnen haben sie um den Frühling und das Licht gewusst und um die Wärme der Sonne. Deswegen, habe Vertrauen, mein Kind, und lausche in dich hinein. Wenn du ganz tief in deinem Herzen angekommen bist, dann wirst du einen Sternenstrahl sehen und anschließend wirst du deinem Engel begegnen. Und dann wirst du sehen, wie er deine Nöte und deine Furcht auf sich nimmt und zu den Sternen trägt."

Die Schneeflocke Rosa

Es war einmal eine Schneeflocke und sie war, wie jede Schneeflocke, einzigartig. Doch die Schneeflocke war auf ganz besondere Art und Weise anders als alle anderen Schneeflocken, denn sie hatte sich etwas Ungewöhnliches in den Kopf gesetzt. Die weiße, wunderbar glitzernde Schneeflocke war auf der Suche nach einem Namen. Das mit dem Namen hatte sie den Menschen abgeschaut, denn dann und wann reiste sie mit einer dicken Winterwolke und schneite anschließend zur Erde nieder. Sie fand es schön, dass die Menschen Namen hatten und dass man sie rufen konnte und so hatte sie sich mit ihrem Namen große Mühe gegeben. Sie hatte lange überlegt wie sie denn heißen wolle, und an einem ganz besonders klaren Wintertag, nachdem sie nachts auf den Wipfel einer hohen Tanne geschneit war, fand sie ihn. Wie zart der Wintermorgen war und wie fein das Licht, das sich durch die Morgennebel schmiegte. Und dann die Farbe, die die aufgehende Sonne in die Wolkenschleier zauberte.

„So will ich heißen", dachte die Schneeflocke begeistert. „Genau so wie die Farbe des Morgenhimmels."

Rosa war der Morgen und winterlich kalt und die Schneeflocke Rosa lag noch lange auf dem Wipfel der hohen Tanne und freute sich an ihrem Namen. Irgendwann trug der Wind sie fort, wirbelte sie hoch hinauf und als er schließlich nachließ, schaukelte sie über zahlreichen Dächern und landete schließlich auf der steinernen Balkonbrüstung eines großen, vornehmen Hauses. Dort lag sie einen ganzen Wintertag lang und sehnte sich danach, dass sie ihren Namen jemandem mitteilen könnte oder dass jemand sie „Rosa" rufen würde. Wie schön wäre es, wenn sich ein Gespräch entwickeln würde und wenn sie von der Welt erzählen könnte, aus der sie auf die Erde gesunken war. Doch bis zum Abend hatte niemand den Balkon betreten und auch hinter der großen Fensterscheibe war niemand aufgetaucht. Vor den Häusern rings umher leuchteten Weihnachtsbäume und in den Wohnstuben flammten Kerzen und ihre Lichter spiegelten sich in roten, silbernen und goldenen Christbaumkugeln.

„Heute ist Weihnachten", fiel Rosa ein und gleich darauf dachte sie: „Wahrscheinlich sind die Bewohner dieses Hauses verreist. Vielleicht zu ihren Verwandten oder Kindern oder Enkeln. Schade."

Und dann war doch jemand da. Spät am Abend öffnete sich im Zimmer hinter der Fensterscheibe eine Tür, eine Deckenleuchte flammte auf und Rosa staunte. Noch nie zuvor hatte sie so einen prächtigen Leuchter gesehen, er glitzerte und glänzte wie der Schnee auf den Winterwiesen. An den Wänden standen Regale mit unzähligen Büchern, mitten im Raum stand ein breiter Ledersessel und in diesen Sessel setzte sich ein Mann. Er setzte sich mühsam, geradeso als würde sein Rücken schmerzen, schlug die Beine übereinander und starrte seltsam blicklos zum Fenster hinaus. Es war geradeso, als würde er die Außenwelt nicht wahrnehmen wollen oder als ob er mit dem Leben hinter der Fensterscheibe am Ende sei. In dem Zimmer gab es keinen Hinweis auf Weihnachten. Keinen Tannenbaum, keine glänzenden Kugeln, keine Kerze, keinen grünen Zweig. Der Mann saß lange, so lange bis in den Häusern rings umher die Kerzen gelöscht wurden und die Lichter ausgingen. Er starrte stundenlang, während Rosa immer noch auf der Balkonbrüstung lag, ihn beobachtete und nach Schneeflockenart in dem Unbekannten hinter der Fensterscheibe las. Einsamkeit fand sie und Verbitterung, einen unbeugsamen Willen und jede Menge Stolz, doch das schlimmste war seine Leere und die Abwesenheit der Freude.

„Oh je", dachte Rosa. „Dieser Mensch hat wohl alles vergessen. Die Leichtigkeit und den Tanz und die Freude an sich selbst."

Rosa suchte weiter und machte eine Entdeckung, die sie in ihrem Schneeflockenherzen schmerzhaft traf. Sie war fassungslos, dass die Menschen zu so etwas fähig sind, denn für eine Schneeflocke war es undenkbar. Der Mann im Ledersessel hatte seine Herkunft vergessen und seine Einzigartigkeit, seine himmlische Heimat und den, der ihn mit so viel Freude so einzigartig geschaffen hatte.

Nachdem der Mann aufgestanden war und die Lichter des Glitzerleuchters ausgeknipst waren, lag Rosa noch lange in der kalten Winternacht und dachte nach. Sie würde wiederkommen, beschloss sie. Nächstes Jahr am Weihnachtsabend. In der Zwischenzeit würde sie den Weihnachtsstern aufsuchen, ihm von dem Unglück des Unbekannten berichten und ihn um ein Wunder bitten. Außerdem nahm sich Rosa noch etwas vor. Bis zu ihrer Rückkehr nächstes Jahr an Weihnachten wollte sie diesen einsamen Mann nicht vergessen, sie wollte sein Bild in ihrem Herzen tragen und es mit auf die Reise in ihre himmlische Heimat nehmen.

Am Weihnachtsmorgen schmolz Rosa in der Wintersonne, sie wurde zu einem Wassertropfen, rollte die Balkonbrüstung hinunter, tropfte auf eine Steinplatte, die Sonnenstrahlen saugten sie auf, trugen sie mit sich fort und Rosa machte sich auf die Reise.

Ein Jahr später fiel am Weihnachtsabend dichter Schnee vom Himmel und auf die Balkonbrüstung des herrschaftlichen Hauses schneite ein kleines Mädchen. Es trug einen dicken rosa Wintermantel, eine rosa Wollmütze mit unzähligen Glitzersteinen, rosa Strümpfe und rosa Stiefel. Ringsherum in den Gärten brannten die Lichter der Weihnachtsbäume, zahlreiche Kerzen wurden angezündet, Weihnachtslieder drangen aus den Stuben und ganz in der Nähe läutete feierlich eine Kirchenglocke. Rosa war glücklich.

Nach einer monatelangen Reise war sie vor kurzem in die Unendlichkeit zurückgekehrt, hatte mit dem Weihnachtsstern ein langes Gespräch geführt und anschließend hatte sie auch verstanden, warum der einsame Mann, dessen Bild sie das ganze Jahr über in ihrem Herzen getragen hatte, nicht Weihnachten feiern konnte. Der Weihnachtsstern hatte ihr den Grund für seine Einsamkeit erklärt, er hatte seine Hilfe angeboten und ein Wunder versprochen und dabei herzlich gelacht.

„Verlass dich ganz auf mich", hatte er gesagt. „Ich werde mir etwas Wunderbares einfallen lassen."

Und genau so wie Rosa es sich vorgenommen hatte, war sie an diesem Weihnachtsabend auf die Balkonbrüstung zurückgekehrt und musste auch nicht lange warten. Wie im vergangenen Jahr betrat der Mann das Zimmer hinter der großen Fensterscheibe, der Glitzerleuchter flammte auf und der Mann wollte sich gerade in seinen Ledersessel setzen, als er plötzlich ungläubig hinausstarrte und das rosa Mädchen auf der Brüstung entdeckte. Er stutzte einen Augenblick, machte dann ein paar eilige Schritte, öffnete die Balkontüre und trat hinaus in die Weihnachtsnacht.

„Was tust du da?", fragte er entrüstet.

„Nichts", antwortet Rosa. „Ich bin gerade eben vom Himmel geschneit."

„Erzähl keine Lügengeschichten und komm da herunter", schnauzte der Mann ärgerlich, „das ist gefährlich", und dann, etwas freundlicher: „du könntest hinunterfallen"

Da begann Rosa silbern zu kichern und während sie kicherte, fiel über den Mann ein helles Licht. Es war das Licht des Weihnachtssterns und er tat das Wunder, das er versprochen hatte. Er tat es mit besonderer Freude, denn er hatte gesehen, dass Rosa das Bild des einsamen Mannes das ganze Jahr über in ihrem Herzen getragen hatte, und er hatte sich an Rosas Ausdauer und an ihrem Mitgefühl gefreut.

Der Weihnachtsstern hatte aber auch gesehen, dass Rosa mit ihrer einzigartigen Kraft eine Tür zu dem Herz des Einsamen geöffnet hatte und wie ihre helle Schneeflockenbeschaffenheit in die Dunkelheit des Versteinerten fiel. Und so hatte der Weihnachtsstern keine große Mühe und verwandelte den Mann auf dem Balkon in eine Schneeflocke. Erst lag der Schneeflockenmann auf der

Balkonbrüstung neben Rosa, glitzernd und leicht, dann wehte der Wind und trug ihn mit sich fort. Er trug ihn hoch hinauf, immer höher, hinauf ins Blau und zwischen die Sterne und dort begann der Schneeflockenmann zu tanzen. Er genoss die Leichtigkeit und die Gesellschaft der anderen Schneeflocken und er hätte nicht sagen können, was schöner war: der Glanz der Sterne, der Glanz der Schneeflocken ringsherum oder der Glanz seiner eigenen, wunderbaren Kristalle. Er empfand eine große Freude und eine tiefe Dankbarkeit, er erkannte seine Schönheit und seine Einzigartigkeit und dann erkannte er die liebevolle Sorgfalt, mit der er geschaffen worden war.

Mitten in der Weihnachtsnacht schneite der Schneeflockenmann auf die Erde zurück, dann auf den Balkon, der Weihnachtsstern gab ihm seine Gestalt wieder und Rosa saß noch immer auf der Brüstung. Und tatsächlich, der Weihnachtsstern hatte ein Wunder vollbracht. Wie verändert der Unbekannte war und welche Freude aus seinen Augen strahlte. Rosa streckte ihm die Hand entgegen und sagte:

„Ich bin Rosa."

Wie schön es war, einem Menschen ihren Namen zu nennen. Genau so hatte sie es sich erträumt. Der Mann nahm ihre Hand und in seinen Augen tanzten Sterne.

„Mein Name ist Karl-Friedrich", lächelte er, „doch du kannst gerne Frieder zu mir sagen."

Daraufhin hob er Rosa vorsichtig von der Balkonbrüstung, stellte sie auf die Beine und lud sie in das warme Wohnzimmer ein, raus aus der kalten Winternacht. Doch Rosa erklärte ihm, dass sie eine Schneeflocke sei und dass sie in der Wärme schmelzen würde. Da holte Frieder einen warmen Mantel und zwei Stühle, sie setzten sich auf den Balkon, mitten ins Schneetreiben, und der ehemals harte Mann breitete vor dem rosa Mädchen sein Leben aus. Er erzählte ihr, warum er so hart geworden war, dass er zwei Kinder habe, dass seine Kinder an seiner Härte verzweifelten und schon längst unwiederbringlich fort wären. Dass seine Frau ihr Fortgehen nie verkraftet hätte, lange krank gewesen wäre und schließlich aus Gram und Kummer gestorben sei. Er erzählte, wie rücksichtslos er seinen Reichtum angehäuft und mit welchen Mitteln er ihn immer erfolgreich verteidigt hatte. Rosa hörte ihm auf Schneeflockenart zu, stundenlang, und Frieder konnte in ihren Augen Verständnis und Mitgefühl lesen. Als er schließlich in der Gegenwart angekommen war und schwieg, dämmerte der Weihnachtsmorgen.

Nun erzählte Rosa ihre Geschichte. Dass sie schon letztes Jahr hier gewesen sei und ihn beobachtet habe, dass sie sein einsames Bild das ganze Jahr über in ihrem Herzen getragen hätte und dass es mit ihr auf Reisen gegangen war. Sie berichtete ihm vom Weihnachtsstern und sie erzählte auch das, was der Weihnachtsstern gesagt hatte, nachdem sie ihm von dem einsamen Mann auf dem Planeten Erde berichtete.

„Weißt du, Rosa", hatte der Weihnachtsstern gesagt. „Das Licht im Herzen des einsamen Mannes hat schon lange keine Nahrung mehr bekommen. Er kann keine Freude annehmen und er will keine Freude verschenken und so flackert das Licht in seinem Herzen nur noch schwach. Weißt du, welches Licht ich meine, Rosa?"

Rosa hatte mit dem Kopf genickt. Sie wusste genau, wovon der Weihnachtsstern sprach. Er sprach vom Licht der Sterne das auf die Kristalle fällt und in dessen Leuchten jede Schneeflocke ihre Schönheit und ihre Einzigartigkeit erkennt. Dann sprach der Weihnachtsstern davon, dass auch jeder Mensch einzigartig sei, genau so wie die Schneeflocken.

„Wie erkennen die Menschen ihre Einzigartigkeit?", wollte Rosa wissen.

„Weißt du, Rosa", antwortete der Weihnachtsstern, „das mit den Menschen ist etwas ganz Besonderes. Sie erkennen sich, wenn sie sich freuen. Wenn sie Freude schenken oder wenn sie Freude empfangen. Dann glänzen sie wie die Schneeflocken im Licht der Sterne."

Nachdem Rosa das erzählt hatte, war Frieder betroffen doch dann erinnerte er sich an seinen wunderbaren Schneeflockentanz, an das Licht der Sterne und an die Freude, die er vor kurzem empfunden hatte.

Die Strahlen der Morgensonne tasteten mittlerweile über die Balkonbrüstung und die Glitzersteine auf Rosas Mütze und ihr rosa Mantel schmolzen. Da schaute Frieder ihr fest in die Augen, legte die Hand aufs Herz und meinte:

„Ich habe so vieles verstanden, Rosa, und das verdanke ich dir. Und glaube mir, ich habe es gespürt. Ich habe gefühlt, dass jemand mein Bild in seinem Herzen trägt. Das ganze Jahr über bin ich unruhig gewesen und habe in meinem Inneren nach dem Grund für diese Unruhe gesucht. Doch nun bin ich voller Freude und habe endlich gefunden, wonach ich gesucht habe. Danke, Rosa."

Rosa strahlte glücklich, doch dann schmolz sie schnell.

Während sie schmolz las sie den Abschiedsschmerz in Frieders Augen und kurz bevor sie sich in einen Wassertropfen verwandelte versprach sie ihm, nächstes Jahr wiederzukommen und übernächstes Jahr und all die Jahre wieder, so lange bis auch er endgültig zu einer Schneeflocke werden und mit ihr zwischen den Sternen tanzen würde.

Der Mann auf der Brücke

Benjamin wohnt in einem jener grauen Vorstadtblocks die keinen anderen Zweck haben als zwischen ihren schmucklosen Mauern Menschen aufzubewahren. Das Haus hat keine Balkone und es gibt auch kein Grün und keine Bäume, neben der Haustür stehen Mülltonnen und ein paar Schritte weiter gibt es einen Fußweg und dann eine viel befahrene, vierspurige Straße. Wenn man ein kurzes Stück auf dem Fußweg geht, dann führt er über eine weit gespannte Brücke und diese Brücke verbindet die beiden Ufer eines gewaltigen Flusses. Tagsüber wälzt sich eine vierspurige Schlange über dieses Tragwerk und nachts reißen die Lichterketten nicht ab. Und eben jene vierspurige Straße brummt, hupt und lärmt Tag und Nacht vor dem ungemütlichen Haus in welchem Benjamin lebt. Er wohnt im fünften Stock und es scheint, als hätten sich die Kälte und die Unbehaglichkeit des nahen Flusses durch die Wände gefressen. Im Treppenhaus bröckelt der Putz, an den Wänden blüht der Schimmel und es riecht nach Frittenfett und kaltem Essen. Und dabei hat Benjamin schon besser gewohnt, wesentlich besser. Doch Benjamin ist krank, unheilbar krank, sagen die Ärzte. Durch sein langes Kranksein hat er alles verloren, was seinem Leben Inhalt gab: seine schicke Wohnung mitten in der Stadt, seinen gut bezahlten Job, sein Auto und vor allem seine Freunde.

Benjamin hat schon oft über das Wegbleiben seiner Freunde nachgedacht, doch er ist auf Vermutungen angewiesen, denn sie haben sich still und heimlich und ohne

Abschied davongemacht. Wahrscheinlich haben sie sein Leid nicht ausgehalten, nimmt Benjamin an. Doch ab und zu gesteht er sich ein, dass auch er seine Freunde nicht mehr ausgehalten hat. Ihre Unbeschwertheit und ihr lautes Leben gingen ihm auf die Nerven und ihre mitleidigen Blicke waren für ihn eine Qual.

Heute hat Benjamin seinen 32sten Geburtstag. Es ist Weihnachten, der 24. Dezember, so etwa gegen 10 Uhr und Benjamin liegt noch immer in seinem Bett. Er ist wohl wach, doch er hält seine Augen geschlossen, er will nicht hinaus in diesen Weihnachtsmorgen und er will auch nicht hinaus in die Welt, die in dem grauen Haus auf ihn wartet. Er will dem Traum nachspüren, den er heute Nacht träumte, er will ihn festhalten und nicht dem Tageslicht preisgeben. Und es ist auch schön, was Benjamin träumte. Erst war da eine liebevolle Gegenwart, ein helles und leuchtendes Wesen, so warm und so vertraut, dass Benjamin sich ihm nähern wollte. Er ging auf das Wesen zu, doch seine Füße berührten keinen Boden, er hatte das Gefühl dass er flog. Eine tiefe Sehnsucht entstand in seinem Herzen und das Wesen zog ihn immer mehr an. Der träumende Benjamin glitt federleicht durchs himmelblaue All und stand schließlich vor einem Mann, etwa in seinem Alter. Er trug Riemensandalen, genau die Sorte die auch er so mag, ein dünnes weißes T-Shirt und verwaschene Blue Jeans mit einem ausgefransten Riss über dem Knie. Sein Haar war honigfarben und schulterlang und aus seinen Augen strahlte die Freude.

„Benjamin", sagte der Mann und öffnete die Arme. „Endlich bist du da."

Er trat auf Benjamin zu und umarmte ihn und durch Benjamins Körper rieselte ein noch nie gefühltes Glück. Er fühlte sich geborgen und angenommen und als der Mann ihn losließ, hatte er nur einen Wunsch. Er wollte nicht mehr in seine Welt zurückkehren, die in dem grauen Haus an der vierspurigen Straße auf ihn wartete. Er wollte dort bleiben, wo er jetzt war.

„Herzlichen Glückwunsch", sagte der Mann, „doch nicht nur du hast heute Geburtstag, sondern auch ich. Ich würde meinen Geburtstag gerne mit dir feiern, Benjamin, in deiner Welt. Ich mache dir einen Vorschlag. Wir treffen uns heute Abend um sieben Uhr auf der Brücke über den großen Fluss. Bist du da?"

„Ja", meinte Benjamin verdutzt.

„Sicher?"

„Ja", sagte Benjamin.

Das ist es, was Benjamin träumte und immer wieder ziehen die Worte des Mannes durch seinen Kopf: Um sieben Uhr auf der Brücke über den großen Fluss, Benjamin. Bist du da? Sicher? Und umso öfter Benjamin diese Worte wiederholt, umso mehr erwachen sein Tagesbewusstsein und seine Zweifel. Schließlich steckt er seinen Traum dorthin, wohin man Träume steckt, nämlich in die Schachtel des schnellen Vergessens, öffnet seine Augen, setzt sich auf die Bettkante und mustert mit einem abwesenden Blick seine bescheidene, eng gewordene Welt. Dann steht er auf, geht hinüber in die Küche, füllt Teeblätter in eine Tasse und schaltet den Wasserkocher ein. Er stellt die Tasse auf den Tisch und sieht einen weißen, in der Mitte gefalteten Zettel auf der Tischplatte liegen.

„Seltsam", denkt Benjamin, „woher kommt dieser Zettel?"

Sein erster Blick gilt der Wohnungstür, doch die ist fest verschlossen. Die Kette des Sicherheitsschlosses ist vorgelegt und der Schlüssel steckt zur Hälfte umgedreht im Schloss. Es kann also niemand da gewesen sein. Benjamin greift nach dem Zettel und ist verwundert über das hauchdünne, fast fließende Papier. Als er den Zettel aufschlägt, traut er seinen Augen nicht.

„Nicht vergessen, Benjamin", steht da. „Heute Abend um sieben Uhr auf der Brücke."

Benjamin lässt sich auf den Küchenstuhl fallen und starrt fassungslos auf das Etwas, das er in den Händen hält. Eine Botschaft aus der anderen Welt? Oder ein schlechter Witz?

Benjamin verbringt einen unruhigen Weihnachts-Nachmittag. Er geht in seiner Wohnung auf und ab, die unterschiedlichsten Gefühle machen ihm zu schaffen und schließlich siegen die Verbitterung und die Wut.

„Also gut", beschließt er irgendwann. „Wenn das ganze kein Witz sein sollte und wenn es dich wirklich gibt und wenn du meinetwegen deine himmlischen Gefilde tatsächlich verlässt, dann werde ich Antwort von dir fordern. Denn schließlich bist du ja allwissend, oder?"

Er wird ihm seine Verbitterung und seine Wut vor die Füße schleudern, nimmt Benjamin sich vor, und er wird nicht weichen, bevor er eine Erklärung hat.

„Warum ich", wird er fragen. „Warum ausgerechnet ich?"

Als die Zeiger seiner Armbanduhr auf die Sieben zu rücken, nimmt er seine warme Jacke aus dem Schrank und zieht die Winterstiefel an.

„Ausgerechnet auf der Brücke", murrt er dabei vor sich hin. Er kann ihn nicht leiden, diesen unter der Last der Fahrzeuge zitternden Stahlkoloss und den zähen, trägen Fluss mag er auch nicht. Man weiß ja nie, wann die Brücke nicht mehr trägt und einstürzt und der Fluss mit seinen gierigen Fluten alles verschlingt.

Benjamin verlässt missmutig das graue Haus und während er sich dem Fluss und der Brücke nähert, hallt die Frage nach dem Warum immer wieder durch seinen Kopf.

Als Benjamin die Brücke betritt stellt er erstaunt fest, dass sie heute nicht zittert. Kein einziges Fahrzeug ist unterwegs, es ist absolut still. Lautlos rieselt dichter Schnee und es scheint ihm, als halte der Fluss unter seinen Füßen den Atem an. Benjamin ist angespannt, er spürt dass in dem dichten Schneetreiben jemand auf ihn wartet und dann meldet es sich wieder, jenes sehnsüchtige Ziehen aus der vergangenen Nacht. Sein Verstand wehrt sich gegen dieses Ziehen, denn Sehnsucht hat in seinem gegenwärtigen Leben keinen Platz. Wohin sollte es ihn auch ziehen, ihn, Benjamin, den Einsamen und den Kranken? Doch Benjamins dunkle, verbitterte Gedanken halten nicht lange stand, durch das dichte Schneetreiben tastet sich erst ein zartes Licht und dann wird es hell und heller. Jede Flocke entzündet ihr Funkeln, es tanzt, glitzert und glänzt um Benjamin herum und er kann sich all der Schönheit und Leichtigkeit nicht entziehen. Und plötzlich ist sie wieder da, die helle, vertraute Anwesenheit, und das nicht im Traum, sondern mitten auf der verhassten Brücke und mitten in seiner Welt. Benjamin beschleunigt seine Schritte, der trockene Schnee knirscht unter seinen Stiefeln und da steht er, der Mann, die Ellbogen lässig auf das Brückengeländer gelehnt und schaut hinunter in den Fluss. Sein dünnes, kurzärmliges T-Shirt flattert im eisigen Winterwind und seine nackten, sonnenbraunen Füße stecken immer noch in den Riemensandalen. Als Benjamin vor ihm steht hebt der Mann seinen Blick und Benjamin ist gefangen von der Freude, die aus seinen Augen strahlt.

„Ich habe deinen Zettel gefunden", sagt Benjamin, „und du bist tatsächlich gekommen. Zu mir. In meine Welt."

„Wir wollten doch unseren gemeinsamen Geburtstag feiern", lächelt der Mann. „Schau her Benjamin, ich habe dir etwas Besonderes mitgebracht. Mein Geschenk für dich."

Wieder lehnt sich der Mann über das Brückengeländer und schaut hinab in den Fluss. Benjamin ist erst verwundert, doch dann schaut auch er hinunter und dann geschieht ein Wunder. Der träge öde Fluss der immer so sehr seinem freudlosen Leben glich, beginnt zu glitzern, kleine Wellen schäumen und flüstern und in den Wellentälern spiegeln sich unzählige Lichtpunkte. Das Wasser entfesselt ein sprudelndes Leben, geradeso als wäre es aus seinem dunklen Dasein erwacht und als bereite es ihm ein besonderes Vergnügen, die Lichter des Himmels zu spiegeln. Benjamin steht lange, saugt dieses Wunder hungrig in sich auf, dann hebt er den Blick und schaut hinauf in den Himmel.

Es hat aufgehört zu schneien, die Wolken haben sich verzogen, über den Stahlkoloss spannt sich das Himmelszelt und Benjamin kann nicht sagen, was schöner ist: Der Glanz der Sterne oder der Glanz des Flusses. Er fühlt sich mittendrin, mit dem Oben und Unten verbunden und alle Last und alles Dunkel sind fort.

„Du wolltest mich doch etwas fragen", unterbricht der Mann an Benjamins Seite die Stille. Benjamin löst seinen Blick vom Fluss und vom Sternenzelt und schaut dem Mann mit einem langen, forschenden Blick in die Augen.

„Bist du Jesus von Nazareth?"

Der Mann senkt den Kopf, er lächelt und scheint nach einer Antwort zu suchen, doch dann blickt er Benjamin ernst ins Gesicht und meint:

„Ich bin der, für den du mich hältst, Benjamin. Doch es kommt darauf an."

„Worauf kommt es an?", will Benjamin wissen.

„Es kommt darauf an, ob du mich zulassen kannst und ob du vertraust", antwortet Jesus. „Weißt du, Benjamin, ich bin die Brücke über den großen Fluss und ich bin immer da. Ich zittere nicht unter der Last deines Lebens, ich trage dich. Doch wenn du jetzt gehst und mich vergisst und in dein altes, dunkles Leben zurückkehrst, dann ist mein Name Schall und Rauch."

Benjamin bleibt noch lange neben Jesus stehen und als sie sich verabschieden, fällt es ihm nicht schwer. Und auch der Rückweg über die Brücke ist leicht, obwohl der Verkehr wieder fließt und obwohl die Brücke zittert. Benjamin hat eine andere Brücke erfahren und der Fluss trägt immer noch seine silbernen Kronen und die Himmelslichter tanzen noch immer in den Wellentälern. Als er zu Hause ankommt und seine Wohnung betritt, fällt ihm eine alte Freundin ein. Er wird sie anrufen, beschließt Benjamin, und er wird sie um einen Weihnachtsbesuch bitten. Er wird ihr das erzählen, was er erst im Traum und dann auf der Brücke erlebt hat und es wird ihn glücklich machen, das alles mit ihr zu teilen.

Balthasar und sein Geschenk

Balthasar stand im obersten Stockwerk seines Bürohochhauses und vor ihm dehnte sich eine Panoramascheibe von der einen Wand bis zur anderen und vom Boden bis zur Decke. Dreiunddreißig Etagen lagen unter ihm, die blasse Wintersonne hinter dem Fensterglas hatte sich verabschiedet und draußen wurde es allmählich dunkel. Tief unten huschten Scheinwerferlichter, Straßenlaternen flackerten im Wind, Fenster blitzten auf und verschwanden wieder, und leuchtende Weihnachtsbäume bewegten sich wie kleine, glitzernde Spielzeuge.

Balthasar stand schon einige Zeit am Fenster. Erst waren Menschentrauben aus dem Hochhaus geströmt, eilig und zielbewusst. Doch dann tröpfelten nur noch wenige in den Lichtkegel der Eingangshalle, klein wie Ameisen, und Balthasar wusste, wohin sie gingen: Sie gingen nach Hause, seine Angestellten. Sie gingen zu den festlich gedeckten Tischen und zu den Geschenken, zu ihren Frauen, Männern und Kindern, zu Freunden, Eltern oder sonstigen Menschen, mit denen sie Weihnachten feiern wollten.

Nur Balthasar, der Mann aus der obersten Etage, der wusste heute Abend nicht wohin. Das erste Mal in seinem Leben fand er nicht den Mut, nach Hause zu gehen. Er dachte an seine Frau, die schon seit Tagen Haus und Garten festlich geschmückt hatte, an die Geschenke, die geheimnisvoll verpackt in Schränken lagen und an die vergangenen Weihnachtsfeste, die ihn immer mit so viel Stolz erfüllt hatten. Doch das mit dem Stolz war vorbei. Endgültig vorbei. Es gab nichts mehr, worauf Balthasar stolz sein konnte. Er besaß nichts mehr, weder das Büro in dem er stand, noch die Panoramascheibe vor seinem Gesicht noch die dreiunddreißig Stockwerke unter ihm. All die ameisenkleinen Menschen, die so erwartungsvoll nach Hause strömten, all seine Angestellten und Mitarbeiter, würden ihre Arbeit verlieren, sein Haus und sein Garten gehörten ihm nicht mehr, höchstens die Weihnachtsgeschenke zu Hause in den Schränken, denn die waren ja bereits bezahlt. Er hatte alles verloren, so wie man in dieser verworrenen, unselig verknüpften und verschlungenen Welt eben von heute auf morgen alles verlieren kann.

„Ich habe meine Firma nicht mehr im Griff gehabt", warf er sich vor. „Ich habe die Katastrophe wohl kommen sehen, doch ich habe zu oft auf irgendwelche Ratgeber gehört und habe kurzsichtige Entscheidungen getroffen. Mir ist wohl der Blick für das Wesentliche abhanden gekommen. Für den Gang der Dinge. Doch wie konnte das nur geschehen? Wieso habe ich mich so sehr in Nebensächlichkeiten verirrt? In mein Streben nach Erfolg und Ruhm und Ehre? Ist mir vielleicht deswegen alles über den Kopf gewachsen? Habe ich deswegen den Überblick verloren?"

Und während Balthasar weiterhin an der Panoramascheibe stand, in seinen trüben Gedanken wühlte und hinunterstarrte, erinnerte er sich daran, wie alles angefangen hatte. Er erinnerte sich an die Zeit, als es noch kein Hochhaus gab und als alles noch überschaubar war. Eine aufregende Zeit. Er war ein guter Geschäftsmann gewesen, er hatte Gewinnträchtiges schon von weitem gerochen und er war schnell erfolgreich geworden. Sein Reichtum hatte sich gehäuft und seine Verantwortung für Mitarbeiter und

Eigentum war immer schwerer geworden. Die kleine, feine Stimme, die sich immer wieder in seiner Mitte meldete und ihn daran erinnern wollte, dass es noch einen anderen Balthasar gab, einen Phantasievollen, Leidenschaftlichen und Suchenden, hatte er einfach weggedrückt.

Beim Gedanken an die kleine, feine Stimme erwachte in Balthasar etwas Verschollenes, etwas schon lange nicht mehr Gefühltes und dann erhob sich eine alte Erinnerung aus dem Staub der Zeit. So schön, diese Erinnerung, so hell und so leicht. Fest gefügt wie eine Hafenmauer, schützend und stark. Balthasar kam es so vor, als wolle diese Erinnerung ihn einladen und forttragen aus seinem Hochhausgefängnis und so machte er sich auf die Flucht. Er floh in seine Kindheit, in seine vergessene Zeit. In die Zeit, als er noch frei war und staunen und träumen konnte. Mit wie viel Begeisterung war er auf Bergrücken, auf Feldern oder an einem Fenster gesessen und hatte mit seinem Fernrohr den Himmel abgesucht, staunend und voller Ehrfurcht vor der Unermesslichkeit. Immer hellwach und immer begleitet von seinem wunderbaren Traum. Und tatsächlich, da gab es etwas, etwas wie eine Nabelschnur, die das Kind Balthasar mit dem heutigen Balthasar verband. Ihm fiel auf, dass er schon damals ein Schatzsucher gewesen war, einer der etwas suchen wollte, das zu ihm gehört. Etwas Wunderbares, Einzigartiges, das er finden wollte.

Jetzt, nach so langer Zeit, mit dem Sternensucherkind vor Augen, konnte Balthasar etwas Wesentliches erkennen, ja, jetzt fiel es ihm ganz deutlich auf. Das Kind Balthasar war nicht getrieben gewesen, denn es suchte weder Reichtum noch Ruhm. Es suchte auf ganz andere Art. Es war mit sich selbst in Verbindung gewesen, es war ganz in sich vertieft, es war voller Leidenschaft und Sehnsucht und Spürsamkeit. Offensichtlich hatte es nicht mit dem Verstand gesucht. Ganz im Gegenteil. Es suchte mit der Kraft seines Herzens. Der damalige Schatzsucher kannte kein Wünschen und kein Wollen, doch er hatte einen Traum gehabt und er war angefüllt mit der Gewissheit dass es in der Unendlichkeit etwas gab, das auf ihn wartete und das ihn begleiten wollte auf seinem Lebensweg. Der kleine Schatzsucher war ganz anders gewesen, als der heutige Balthasar. Er war so frei und unbeschwert und ohne Gier.

Nachdem Balthasar all das erkannt hatte, tat er einen tiefen Atemzug, wandte sich von der Panoramascheibe ab, ging zu seinem Bürostuhl, setzte sich und schloss die Augen. Wie stolz war er auf das Kind, das er einmal gewesen war. Auf den kleinen Schatzsucher, den er so schmählich vergessen hatte und der ihm, trotz der langen Abwesenheit, so treu geblieben war. Er war da, in ihm, und er nahm Balthasar bei der Hand und führte ihn zurück in die Nacht, in den Augenblick, als das Kind seinen Schatz gefunden hatte, mitten in einem Meer von Sternen. Balthasars Stern. Der Stern, der zu ihm gehörte und der ihn leiten und führen wollte. „Eines Tages, Balthasar", versprach der Stern, „wirst du einem König begegnen. Dem größten König, den es je gab."

Was für ein Versprechen, wie schön und wie geheimnisvoll! Wie sehr hatte sich Balthasar damals gefreut. Eine Begegnung. Eine Begegnung mit dem größten König, den es je gab. Und während Balthasar in seinem Bürostuhl saß und die Augen noch immer geschlossen hielt, verstand er, dass dieses Versprechen ihn ein Leben lang beflügelt hatte. Es hatte ihm etwas Wunderbares geschenkt. Er war immer der Meinung gewesen, dass er ein Auserwählter sei, ein Einzigartiger. So weit hatte ihn dieses Gefühl getragen, durch alle seine Tage, bis hierher in diesen Bürostuhl. Bei diesem Gedanken machte sich Unruhe in Balthasar breit, er öffnete die Augen, stand auf, ging wieder zur Panoramascheibe und sein Blick glitt in die Weite, über die Lichter und dann in die Tiefe, dreiunddreißig Stockwerke hinab und dann stieg das in ihm auf, was er in den letzten Wochen immer wieder versucht hatte, wegzudrängen: Panik machte sich breit, Hilflosigkeit, schwarze, undurchdringliche Nacht.

Furcht vor dem Fall in die Bedeutungslosigkeit und in ein Leben ohne Vermögen und Sicherheit.

Als wollte sich Balthasar von diesem Abgrund losreißen, wandte er sich wieder von der Glasscheibe ab, machte einen schnellen Schritt zu seinem Schreibtisch, zog die unterste Schublade auf und wühlte in ihrer Tiefe, so als suchte er etwas Wichtiges. Schließlich riss er sie ungeduldig aus ihren Angeln, schüttete den Inhalt auf den Boden, kniete sich nieder und fand, zwischen einem Haufen von Papieren und Dokumenten, das was er gesucht hatte: eine längliche, schwarze Schatulle, ungewöhnlich schwer. Er öffnete den Deckel und war erleichtert. Er war noch da, der Barren Gold. Wahrscheinlich das Letzte, was ihm bleiben würde, denn niemand wusste davon. Dieser Barren war immer sein Geheimnis gewesen, ein samten und matt glänzendes, ein magisches Stück Vergangenheit. Der Träumer Balthasar hatte ihn einst für den König gekauft, für den Tag, an dem er ihm begegnen würde. Eine wundervolle Vorstellung, ihm dieses Geschenk überreichen zu dürfen. Wie mühselig hatte er es sich zusammengespart, damals, als er noch sehr jung war und noch nicht reich. Er hatte dieses traumhafte Geheimnis vor der Welt versteckt, selbst vor seiner Frau, er hatte es irgendwann in diese Schublade gesteckt und dann hatte er es einfach vergessen.

Balthasar nahm seinen weiten Wollmantel vom Kleiderhaken, zog ihn an, ließ die schwarze Schachtel in die Tasche gleiten, verließ die Chefetage, mied den Aufzug, ging ins Treppenhaus, stieg ganz bewusst und langsam die dreiunddreißig Stockwerke nach unten, Stufe für Stufe, trat aus dem Hochhaus, überquerte ein paar Straßen und befand sich schließlich in einem weitläufigen Park. Es war kalt, feucht und dunkel, nur ab und zu schien eine Laterne auf Balthasars düsteren Weg. Seine linke Hand hatte er tief in der Tasche vergraben, er umklammerte ängstlich die Schachtel und er fürchtete sich davor, dass irgendjemand ihm auch das noch nehmen könnte. Das letzte Stück Sicherheit, das ihn noch mit dieser Welt verband. Gold, pures Gold, mindestens ein Kilo.

„Was wäre wohl, wenn ich jetzt dem König begegnen würde?", fragte er sich. „Sicher würde er keine Notiz von mir nehmen. Allerhöchstens würde er über mich lächeln.

Über Balthasar, den Versager, der nichts mehr zu befehlen hat und der nichts mehr besitzt. Der keinen Stand mehr hat und keine Würde."

Balthasar fuhr sich durchs schüttere Haar, setzte sich auf eine dunkle Bank und starrte verzweifelt vor sich hin. Er fühlte sich so ausgespuckt, so einsam und verlassen. Doch plötzlich tastete sich etwas durch den nachtschwarzen Park, etwas Duftendes und Klingendes, so etwas wie eine leise Erinnerung an eine vertraute Anwesenheit. Balthasar spitzte seine Ohren, lauschte in die Dunkelheit, schaute sich um, doch er konnte nichts hören und nichts sehen. Ein seltsam warmes Gefühl berührte ihn, und plötzlich war er sich sicher: Da war jemand.

„Hallo?", fragte er in die Finsternis.

„Hallo", kam es zurück. Silberhell klang dieses Hallo, jung und fröhlich.

„Seltsam", dachte Balthasar. „Diese Stimme kenne ich doch."

Er lehnte sich zurück, seine Linke fuhr in die Manteltasche und umklammerte die schwarze Schachtel.

„Wer bist Du?", wollte er wissen.

„Ich. Erkennst du mich nicht? Du hast vor kurzem an mich gedacht. Oben in deinem Hochhaus, als du dich an deine Kindheit erinnert hast."

„Das kann nicht sein", brauste es in Balthasar. „Das gibt es nicht. Sterne fallen nicht vom Himmel. Sterne reden nicht mit Menschen im Park."

„Balthasar, was bist du nur für ein Zweifler geworden", kicherte die Stimme. „Schau nach oben. Ich bin da."

Ungläubig neigte Balthasar, der noch immer auf der

Parkbank saß, seinen Kopf nach hinten. Und da sah er ihn, seinen Stern. Er erkannte ihn sofort, geradeso, als wäre seit seinen frühen Jahren keine Stunde vergangen.

„Es ist Zeit, Balthasar", jubelte der Stern. „Zeit für den König."

Balthasar war noch nie ein Zögerer gewesen, er hatte schon immer ziemlich viel Mut gehabt und so gelang es ihm, augenblicklich aus seiner dunklen Welt auszusteigen und sich über seinen Stern zu freuen. Er ließ alles los, alle Ängste und Sorgen die ihn banden, und fühlte sich wie damals, als er noch jung war und träumen und staunen konnte. Sein Stern wurde immer größer, goldener, begann über den Himmel zu wandern und entwickelte einen herrlichen Schweif. Balthasar stand von der Parkbank auf, lief los, seinem Stern hinterher, voller Freude, hinaus aus dem Park, über Wiesen und Felder, bis der Stern schließlich über einer windschiefen Scheune stehen blieb. Helles Licht strömte aus der Scheune, weiß und weich und sanft und Balthasar wusste, dass sein Stern nun sein wunderbares Versprechen einlösen würde.

Spät in der Nacht wanderte Balthasar nach Hause. Er ging aufrecht, würdevoll. Er dachte an das Kind, dem er begegnet war. An das Kind in der bescheidenen Krippe. An den Glanz, der es umgeben hatte und an die Liebe in seinen Augen. Und an das wunderschöne Gefühl, das in ihm entstanden war. Das Gefühl, erwartet zu werden und willkommen zu sein. Immer noch genoss er den Augenblick, als er niederkniete, die schwarze Schatulle aus seiner Manteltasche nahm, sie öffnete und dem Kind das Gold schenkte. Balthasar hatte es mit ganzem Herzen getan, voller Freude und ohne auch nur einen Gedanken daran zu verschwenden, dass er soeben sein letztes Stück Sicherheit verschenkt hatte.

Immer schneller lief Balthasar. Er spürte: Seine Frau wartete besorgt auf ihn. Wie sehr er sich auf sie freute. Wie viel er ihr zu erzählen und zu erklären hatte. Gedanken und Worte stiegen in ihm auf, nie ausgesprochene, und er begriff staunend, dass es seine alte Welt nicht mehr gab. Dass sie nichts Weiteres als eine dunkle Täuschung gewesen war. Dass es eine wirkliche Welt gibt. Die Welt seines Königs. Er war in seine Liebe und in sein Licht eingetaucht und er würde es nie mehr zulassen, dass er diese helle Welt verlassen und dass die Dunkelheit sich ausbreiten würde. Nie mehr würde er der alten Welt mit all ihren Sorgen und Ängsten seine Kraft und seine Gedanken schenken. Er würde das Licht schätzen, das er gesehen hatte, er würde es hüten. Er würde das, was er erfahren hatte, leben, mit all seiner Kraft. Als Balthasar das beschlossen hatte, geschah etwas, das erfüllte ihn mit tiefem Vertrauen: Zwischen seinem Herzen und dem Kind in der Krippe spannte sich eine Brücke aus Gold.

Angelo

Über der großen Stadt war es dunkel geworden. Der Schnee fiel in dicken Flocken vom Himmel, er fiel lautlos auf Häuser, Bäume, Sträucher und Wiesen und lag watteweich auf Gehsteigen, Wegen und Straßen. Hinter den Fenstern der Häuser leuchteten Weihnachtsbäume und in der Kirche, die mitten in der Stadt auf einem weiten Platz stand, spielte irgendjemand auf der Orgel. Es war ungewöhnlich still um die Kirche und auf dem weiten Platz. Niemand war unterwegs. Es war Weihnachtsabend und die Menschen waren vermutlich zu Hause, sangen Weihnachtslieder, aßen und tranken und packten ihre Geschenke aus. Jeder schien seinen Platz zu haben, einsam oder in Gesellschaft. Die dick verschneiten Dächer der Häuser hatten heute etwas besonders Schützendes und niemand wollte sich vorstellen, dass es in dieser Nacht Heimatlose gab.

Doch es gab auch solche, die in dieser Nacht ihre Arbeit taten. Einer dieser Arbeiter saß auf einem Kutschbock, dort, wo der weite Platz in einen ausgedehnten, tief verschneiten Park mündete. Vor seine Kutsche waren vier weiße Pferde gespannt, sie waren ungewöhnlich schön und kraftvoll, ganz im Gegensatz zu ihrem Kutscher. Der trug auf dem Kopf einen verbeulten, schwarzen Zylinder, und um seine Schultern fiel ein abgenutzter, schwarzer Umhang. Er saß gekrümmt und bucklig und nur wenn man stehen blieb und ihn ganz genau musterte, dann fiel einem auf, dass dieser zusammengekauerte Mann unter seinem Umhang etwas verbarg. Es sah fast so aus als wölbten sich unter dem schäbigen Stoff ein paar mächtige Flügel.

Der Mann auf dem Kutschbock hieß Angelo. Jedes Jahr am Weihnachtsabend stand er hier auf dem weiten Platz und wartete.

„Ich bin gespannt, wer dieses Jahr zu mir auf meine Kutsche steigt", dachte er. „Und was dieser Mensch dabei hat. Welches Päckchen er trägt. Es wird interessant sein, wenn wir dieses Päckchen dann aufschnüren, der Mensch und ich. Und ganz besonders schön wird es sein, wenn sich der vermeintlich schwere Inhalt zu einem Geschenk entwickelt."

An der Kirche vorbei, dann über den weiten Platz und durch den Schnee stapfte ein Mann. Er hatte seinen eleganten Hut tief ins Gesicht gezogen und von seinen Schultern und über seinen Lodenmantel tropfte es eisig. Seine Hände hatte er tief in den Taschen vergraben, er hatte seine Schultern hochgezogen, schien zu frösteln und ging sicherlich schon längere Zeit durch das dichte Schneetreiben. Er steuerte auf den Park zu und traf schließlich auf Angelos Kutsche. Dort blieb er stehen, schob den Hut aus dem Gesicht, musterte den buckligen Kutscher und die prachtvollen Pferde mit einem mürrischen Blick, ging ein paar Schritte weiter, doch dann hielt er wieder an, drehte sich um, fuhr mit der Hand ans Kinn und schien zu überlegen.

„Sind sie frei?", fragte er dann. „Könnten sie mich aus dieser verdammten Stadt hinausbringen? Weit hinaus?"

„Selbstverständlich bin ich frei", lächelte Angelo. „Freier wie ich kann man gar nicht sein. Gerne bringe ich sie hinaus aus der Stadt."

Nachdem der Mann auf den Kutschbock gestiegen war, zog Angelo an den Zügeln seiner Pferde, schnalzte mit der Zunge, die Räder der Kutsche drehten sich, sie fuhr einen kleinen Bogen und dann hinein in den weitläufigen, dick verschneiten Park.

„Haben sie einen Wunsch?", wollte Angelo wissen.

„Keinen Wunsch", murrte der neben ihm. „Ich will nur weg. Und bitte, keine Gespräche. Ich möchte meine Ruhe haben."

„Kein Problem", meinte Angelo freundlich, zog wieder an den Zügeln, die Pferde trabten los und unnatürlich schnell und leicht flog die Kutsche über den Schnee, durch den Park und hinaus aus der großen Stadt.

Schließlich fuhren sie durch eine lange Allee, links und rechts an der verschneiten Straße standen kahle Bäume, ein eisiger Wind pfiff und der Schnee fiel mittlerweile so dicht, dass man nicht mehr von einem Baum zum anderen sehen konnte.

„Halten sie an", bellte Angelos Fahrgast plötzlich. „Lassen sie mich aussteigen."

„Wollen sie alleine weitergehen?", fragte Angelo.

„Denken sie etwa, ich sei blöd?", antwortete der Mann unfreundlich. „Meinen sie etwa, ich kenne mich nicht aus? Einer wie ich weiß immer, wo es langgeht!"

Nachdem Angelo seine Kutsche angehalten hatte, stieg der Fremde eilig vom Kutschbock und ohne Dankeschön und ohne nachzufragen, was er für die Fahrt denn schuldig sei, ging er davon. Wenige Augenblicke später war er im Schneesturm verschwunden.

Angelo pfiff durch die Zähne. „Eine besonders harte Weihnachtsnuss", murmelte er und blieb eine geraume Zeit auf seinem Kutschbock sitzen, dann zog er den Umhang von den Schultern, faltete ihn sorgfältig zusammen, legte ihn über seinen linken Arm, öffnete ein herrliches Flügelpaar und flog völlig geräuschlos in die Richtung, in welche der Fremde verschwunden war.

Der Mann kämpfte sich durch den Schneesturm und eine Zeit lang war er sich sicher, dass er auf der Straße ging. Irgendwie tat es ihm gut, gegen den eisigen Sturm zu laufen. Das lenkte ihn von der Kälte in seinem Inneren ab. Doch irgendwann wurde ihm klar, dass er die Straße schon längst verlassen hatte. Erst brach er durch die dünne Eisdecke eines Baches, stolperte über verschneite Maulwurfhügel und anschließend wurde ihm bewusst, dass er jegliche Orientierung verloren hatte. Er hatte keine Ahnung mehr, woher er gekommen war und wusste auch nicht, wohin er ging. Er begann sich zunehmend zu fürchten, der eisige Sturm kroch durch seinen feuchten Mantel, seine nassen Schuhe und Hosenbeine wurden klamm, seine Füße eiskalt und seine Finger verfärbten sich blau. Er begann zu frieren und zu zittern, seine Zähne klapperten aufeinander und eine abgrundtiefe Hilflosigkeit griff nach seinem Herz. Verzweifelt hielt er Ausschau nach einem Licht, das ihm den Weg zeigen könnte, oder nach einem erleuchteten Fenster, das von einem Haus berichten würde, doch es gab nichts. Nur Wände von tobendem Schnee.

Angelo war hinter seinem Fahrgast her geflogen und ging schon einige Zeit neben dem ihm. Doch der Verzweifelte hatte ihn nicht bemerkt. Angelo hatte seine Flügel wieder zusammengefaltet und seinen Umhang über seine Schultern gehängt. Schließlich packte er den Zitternden am Arm, neigte sich an sein Ohr und sagte:

„Keine Angst. Da vorne ist ein Haus. Ein kleiner Bauernhof. Da können wir uns aufwärmen."

Der Fremde sah zur Seite, entdeckte den Kutscher neben sich und war erleichtert.

„Wie gut, dass sie mir gefolgt sind", freute er sich. „Ich habe mich vollkommen verirrt. Am Ende wäre ich erfroren."

Angelo lächelte fein, hakte seinen Fahrgast unter und tatsächlich, nach kurzer Zeit standen sie vor einem kleinen Bauernhof. Das dick verschneite Dach war weit heruntergezogen und durch ein Fenster leuchtete eine Kerze. Nachdem Angelo an die Haustüre geklopft hatte, öffnete eine Frau und sie hatte sofort verstanden, in welcher Not die Beiden sich befanden.

„Kommen sie herein", sagte sie freundlich. „Wärmen sie sich auf. Sie sind ja vollkommen durchgefroren."

Sie führte die Beiden in eine kleine Stube, in der Ecke stand ein kleiner Weihnachtsbaum ohne Schmuck und Lichter und unter dem Baum lagen zwei Päckchen. An einem einfachen Holztisch saßen ein Mann, ein Junge und ein Mädchen. Sie erhoben sich sofort nach dem die beiden Fremden eingetreten warten, jeder gab ihnen die Hand und wünschte frohe Weihnachten.

„Möchten sie mit uns essen?", fragte der Mann. „Wir haben nicht viel. Doch ich denke, es reicht für alle."

„Oh, das wäre schön", meinte Angelo, ohne das Einverständnis seines Begleiters abzuwarten. Die Frau wies ihnen einen Platz auf der Ofenbank und bat um Hut und Zylinder und um ihre nassen Mäntel. Doch Angelo weigerte sich. Er zog seinen Umhang nicht aus und das Mädchen musterte ihn neugierig und aufmerksam.

„Bist du ein Engel?", fragte sie ihn. „Sind das Flügel, da hinten auf deinem Rücken?"

„Ja", antwortete Angelo. „Ich bin ein Engel."

Alle freuten sich über die Antwort, die Erwachsenen lächelten amüsiert und die beiden Kinder musterten Angelo strahlend und ehrfurchtsvoll.

Selten hatte es dem Mann, der vor dem Weihnachtsfest davongelaufen war, so gut geschmeckt. Überhaupt, er fühlte sich in der einfachen Stube geborgen und über sein ernstes Gesicht zog ein freundliches Lächeln. Doch der Vater der beiden Kinder musterte ihn während des Essens immer wieder mit einem langen, forschenden Blick und es kostete ihn offensichtlich Mühe, sich sein Unwohlsein nicht anmerken zu lassen. Das Essen war einfach, es gab Rotkraut, Kartoffelbrei und für jeden ein kleines Stück Fleisch. Die Wärme des Kachelofens im Rücken tat gut und nachdem sie fertig gegessen hatten, sah das Mädchen dem Mann ins Gesicht und fragte:

„Sag mal, wie heißt du denn eigentlich?"

„Anton."

„Und du?", fragte das Mädchen weiter und wandte sich an den Kutscher.

„Angelo."

Das Mädchen kicherte, stand auf, holte ein längliches Päckchen unter dem Weihnachtsbaum hervor und setzte sich neben Anton auf die Ofenbank.

„Darf ich es öffnen?", fragte sie und der Vater und die Mutter nickten mit dem Kopf. In dem länglichen Päckchen lag eine schöne, handgeschnitzte Flöte, das Mädchen nahm sie vorsichtig heraus, betrachtete sie ehrfurchtsvoll und fragte dann:

„Hast du die Flöte geschnitzt, Papa?"

„Ja, mein Kind. Für dich."

„Schade", meinte das Mädchen, „ich weiß nicht, wie man auf einer Flöte spielt."

„Das ist doch gar kein Problem", schmunzelte Anton neben ihr. „Ich kann Flöte spielen. Ich bringe es dir bei. Weißt du, als ich noch ein Junge war, da habe ich gerne und oft auf meiner Flöte gespielt. Flöte spielen ist wirklich schön."

Das Mädchen reichte Anton die Flöte, er setzte sie an seinen Mund und tatsächlich, er flötete wirklich gut. Er spielte ein, zwei Weihnachtslieder und währenddessen öffnete der Junge sein Päckchen. Der Vater hatte ihm eine Spielzeugeisenbahn geschnitzt, mit einer schwarzen Lok und bunten Wagen. Der Junge glitt auf den Boden, Angelo setzte sich neben ihn, zog ein paar Holzscheite und Bretter unter der Ofenbank hervor und baute einen Tunnel und eine Brücke und legte Straßen und Wege.

Nachdem Anton aufgehört hatte, auf der Flöte zu spielen, sah das Mädchen ihm traurig ins Gesicht.

„Weißt du Anton", sagte sie, „eigentlich spiele ich Geige.

Ich hatte so eine schöne Geige. Schon mein Großvater hat auf ihr gespielt, und dann mein Vater. Und mein Bruder hatte so eine schöne, alte Spielzeugeisenbahn. Und meine Mutter hatte alten, wertvollen Christbaumschmuck. Sie hat ihn von ihrer Mutter geerbt. Doch einige Wochen vor Weihnachten war ein Mann da und hat alles mitgenommen. Wir durften nur das behalten, was wir unbedingt zum Leben brauchen. Und der Mann kommt wieder, hat mein Vater gesagt. Er will unseren Hof versteigern. Dann sind wir heimatlos."

Anton durchfuhr ein eisiger Schreck, nachdem das Mädchen das gesagt hatte. Plötzlich erinnerte er sich. Er sah dem Vater forschend ins Gesicht und eine Welle der Scham überrollte ihn, als er anschließend dem Mädchen in die traurigen Augen sah. Wie furchtbar. Wie schrecklich. Er kannte den Vater und auch den kleinen Hof. Er, der Gerichtsvollzieher war vor wenigen Wochen hier gewesen und hatte die Geige, die alte Spielzeugeisenbahn und den schönen Christbaumschmuck gepfändet. Er, Anton, der von Gerichts wegen den Menschen alles nahm, was sie nicht unbedingt zum Leben brauchten. Der Bauer war alleine auf dem Hof gewesen, seine Frau und die beiden Kinder waren nicht da. Die Pacht für die Felder war fällig geworden und er, Anton, hatte einen Pfändungsauftrag in der Aktentasche. Es war ihm wohl aufgefallen, dass die Pacht unverschämt hoch war und er hatte auch bemerkt, wie zerschunden die Hände des Bauern waren und wie armselig der kleine Hof, doch das hatte ihn nicht gekümmert. Ohne jegliches Mitgefühl hatte er alles gepfändet, was einigermaßen brauchbar war, Weihnachten hin oder her.

Anton schlug die Hände vors Gesicht. Er schloss seine Augen und fiel in einen verzweifelten Abgrund. Doch plötzlich meldete sich ein kleiner Gedanke. „Es ist doch gar nicht so schlimm, Anton", flüsterte er. „Es ist doch noch alles da. Die Geige, die Spielzeugeisenbahn und der Christbaumschmuck. Glücklicherweise wollte sie niemand kaufen. Sie liegen doch noch zu Hause im Lager."

Anton sprang auf. Er fuhr dem kleinen Mädchen tröstend übers Haar, dann sah er erst dem Bauern ins Gesicht und dann seiner Frau, verneigte sich knapp und sagte:

„Ich bin der Mann, der sie vor einigen Wochen so sehr bedrängt hat. Es tut mir unendlich Leid. Doch ich mache alles wieder gut, das verspreche ich ihnen. In einer Stunde bin ich wieder da."

Dann winkte er Angelo, zog seinen Hut und seinen Mantel vom Kachelofen, schlüpfte hinein und meinte: „Los, Kutscher, komm. Wir haben zu tun."

Der Schneesturm hatte sich gelegt und der Himmel war aufgerissen. Zwischen den dicken Wolken blinkten die Sterne und hin und wieder zeigte sich der Mond. Angelo und der Gerichtsvollzieher gingen mit eiligen Schritten durch den knirschenden Schnee und Anton begann zu sprudeln. Er zitierte Paragraphen und Gesetzestexte und der Engel hörte zu und schmunzelte. Er wusste, was Anton da tat. Schließlich blieb der Gerichtsvollzieher stehen, schlug sich mit der flachen Hand auf die Stirn und freute sich: „Warum bin ich nicht schon früher drauf gekommen, Angelo? Klar, selbstverständlich, gibt es eine Möglichkeit! Ich werde den Bauern vor den unverschämtenAnsprüchen des Verpächters retten. Ich werde sein Anwalt sein."

Anschließend fuhr seine Faust in die Luft und er rief: „Das kriegen wir hin, Angelo! Wir werden siegen!"

Dann rannte er wieder los, so eilig, dass Angelo ins Schnaufen geriet und fast in Versuchung gekommen wäre, seinen Umhang auszuziehen und hinter ihm her zu fliegen. Schließlich zeichneten sich die kahlen Bäume der Allee gegen den Himmel ab und Angelos Kutsche und die vier schneeweißen Pferde standen noch immer auf der Straße und warteten. Nachdem die Beiden angekommen und auf den Kutschbock gestiegen waren, wendete Angelo das himmlische Gefährt und sie flogen Richtung Stadt.

„Ich danke dir, Angelo", rief Anton gegen den Fahrtwind. „Du hast mich nicht nur vor dem Erfrieren gerettet, sondern auch vor der Kälte in meinem Herzen. Weißt du, in Zukunft werde ich meine Arbeit ganz anders tun. Ich werde mich für die Menschen einsetzen und alle Möglichkeiten ausschöpfen um ihnen zu helfen und wahrscheinlich werde ich endlich wieder Freude an meiner Arbeit haben. Ich kenne mich wirklich gut aus, weißt du, Angelo."

Angelo nickte begeistert und war zufrieden. Seine Arbeit war getan, die harte Weihnachtsnuss war geknackt. Anschließend freuten sich Beide auf die Bescherung in dem kleinen Bauernhof. Sie würden die Geige, die Spielzeugeisenbahn und den Weihnachtsschmuck aus Antons Lager holen und dann mit dem herrlichen Pferdegespann vor dem Gehöft vorfahren. Und anschließend würde Anton dem Bauern erklären, wie sie gemeinsam seinen Hof retten werden.

Amur

Zur Stunde null, als Jesus geboren wurde, war in den unendlichen Weiten große Freude. Wie wunderbar, dass die große Liebe, die die Ewigkeit trägt, Mensch geworden war. Wie viel Vertrauen und Zärtlichkeit offenbarte sich in dieser Nacht. Was für ein Geschenk übergab der Herr in dieser Stunde der Menschheit.

Alle Engel waren tief berührt und es war ihnen klar, dass auf der Erde etwas Großes und Neues geschehen war. Einer, der vollkommen war, hatte sich auf den Weg gemacht und hatte irdischen Boden betreten. Menschenboden, zwiespältigen Boden, Gut und Böse, Menschenwerk. Mit all ihrer Freude, mit all ihrem Licht begleiteten die Engel Jesus nach Bethlehem, doch einer unter den zahllosen Engeln fand keine Freude, er konnte nicht jubeln und Licht verströmen. Ihn beschlich zunehmend tiefer Ernst. Nicht, dass der Engel in Sorge gewesen wäre oder dass er an dem Erdenweg gezweifelt hätte. Solche dunklen Gefühle sind einem Engel fremd und sie hätten auch bedeutet, dass er dem Herrn nicht vertraut. Nein, es war etwas ganz Anderes. Der ernste Engel hieß Gabriel, er kannte die Menschen, war ihnen schon oft nahe gewesen und so wusste er auch um ihre blinde und beschränkte Art, mit dem Licht und dem Vollkommenen umzugehen.

Engel, die in den großen Weiten zu Hause sind und im Licht wohnen, entscheiden sich für gewöhnlich nicht. Sie lieben es, Licht zu empfangen und Licht zu verströmen und all das, was uns auf Erden ständig zu Entscheidungen verführt, kennen sie nicht. Doch der ernste Gabriel war anders als alle anderen Engel. Er wollte sich entscheiden. Zur Stunde null, in dieser Nacht. Er wollte nicht mehr in seine himmlische Heimat zurückkehren, er wollte in Bethlehem bleiben, bei Jesus.

Er wollte bei ihm sein und ihn auf seinem Erdenweg begleiten und er wollte wissen, ob Jesus bei den Menschen willkommen sei.

Und so sah Gabriel Jesus aufwachsen, dieses göttliche Kind das die Liebe in sich trug. Täglich freute der Engel sich an dem Himmelslicht, das zwischen den Menschen so schön und so klar leuchtete. Als Jesus kein Kind mehr war und erwachsen wurde, verließ er sein Elternhaus und ging auf die Wanderschaft. Gabriel begleitete ihn. Jesus Weg führte in die Wüste, in die gnadenlose Weite in der die Gegensätze sich so schonungslos begegneten: Hitze und Kälte, Tag und Nacht, Hunger und Durst, Leben und Todesangst. Der Engel wusste, wen Jesus in der Wüste suchte und wer dort auf ihn wartete. Es war der Dunkle, derjenige, der alle Furcht in sich vereinte und den die Menschen geschaffen hatten. Der mächtige Verführer mit seinen unzähligen Täuschungen, der Besitzer der Königskronen, der Waffen und der bösen Worte. Der kluge Redner mit seiner schmeichlerischen Zunge und mit seiner Mörderkraft. Als der Dunkle und Jesus sich begegneten, begriff Gabriel dass seine Entscheidung in der Heiligen Nacht von nun an Folgen haben würde. Er war Zeuge geworden, er hatte gesehen wie das Böse Jesus umschmeichelte und wie es ihn versuchen und verführen wollte. Wie es Königskronen und Macht anbot.

„Mein Reich ist nicht von dieser Welt", lehnte Jesus ab. Gabriel sah, wie das Licht aus der anderen Welt in seinem Herrn hell und klar leuchtete und wie das Böse sich verschloss und wie es vermied, dass auch nur ein Strahl des Himmelslichts seine Dunkelheit erleuchtete. In diesem Moment ahnte Gabriel, wie schwer Jesus Erdenweg werden würde. Er beobachtete, wie das Böse seine Macht sammelte und sich verdichtete und er wusste, der Dunkle würde sich an die Fersen seines Herrn heften um sein Licht zu zerstören.

Dem Engel war bei dieser Wüstenbegegnung klar geworden, dass das Böse seinen Herrn erkannt hatte.

Und nun verstand Gabriel auch, was ihn in der Heiligen Nacht so sehr belastet hatte und warum er so ernst geworden war. Tief in seinem Herzen hatte er schon damals von dieser Begegnung gewusst und mit all seiner Wachsamkeit und Unermüdlichkeit begleitete er seinen Herrn weiterhin. Er war bei ihm, als er durch Palästina wanderte und den See Genezareth umrundete. Er sammelte jedes seiner Worte und verwahrte sie wie einen kostbaren Schatz. Sein ganzes Engelsein war von der Liebe erfüllt, die Jesus die Menschen lehrte, und er sah den leuchtenden Samen der in die Menschenseelen fiel. Gabriel sah aber auch die Spione, die sich unter die Zuhörer mischten und Jesus Worte weiter trugen, in die Ohren der Mächtigen und der Schriftgelehrten und er war fassungslos, was die selben Worte in den Hirnen dieser Menschen auslösten. Hass und Zorn, Wortspaltereien und Verächtlichkeiten, vor allem aber bodenlose Angst vor dem Verlust ihrer

Macht. Und so kam es, dass der Engel nicht ständig bei Jesus blieb, sondern auch in den Tempeln und Palästen seiner Gegner anwesend war. Hilflos sah Gabriel zu, wie sich die Widersacher sammelten und Machtworte sprachen und dreiunddreißig Jahre nach der heiligen Nacht in Bethlehem begleitete der Engel seinen Herrn nach Golgatha. Er war dabei als sie ihn kreuzigten und zu Tode quälten und er hörte seine letzten Worte:

„Herr vergib ihnen, denn sie wissen nicht, was sie tun."

 Nachdem Gabriel in die himmlischen Weiten zurückgekehrt war, fand er keine Heimat mehr. Alle Liebesworte hatte er dabei, jedes einzelne, doch Jesus letzte Worte übertönten alle anderen. So viele Einblicke hatte Gabriel in das Menschsein gewonnen, so viel Helles und Dunkles hatte er gesehen, doch auf eine Frage fand er keine Antwort: Wieso wissen die Menschen nicht, was sie tun?

Und warum bat sein Herr darum, den Menschen ihre Dummheit zu vergeben? Kann man Dummheit überhaupt vergeben?

 Lange quälte sich Gabriel mit diesen Fragen, fand keine Ruhe mehr und bat schließlich den Herrn, ihn Mensch werden zu lassen. Er, der Engel und Wegbegleiter Jesu, wollte wissen wie es sich anfühlt wenn man nicht weiß was man tut.

Am 24. Dezember 1995 gebar Miriam in der Nähe von Bethlehem einen Sohn. Miriam liebte die Musik, vor allem französische Chansons und obwohl sie diese Fremdsprache nicht beherrschte, war ihr immer dasselbe Wort aufgefallen: „Amour". Sie hatte den Verdacht, dass dieses Wort

„Liebe" bedeutet und so nannte sie ihren Sohn Amur. Miriam war allein stehend, der Vater Amurs war Soldat gewesen. Er war in allerhand Auseinandersetzungen verwickelt gewesen, deren Sinn Miriam nie verstand. Kämpfe um das Heilige Land, Kämpfe um den Tempelberg, Kämpfe um Siedlungsgebiete, Kämpfe gegen Terroristen und Rebellen. Eines Tages war ihr Mann nicht mehr heimgekehrt. Das war wenige Monate vor Amurs Geburt geschehen, und nachdem der Schock nachgelassen hatte und die Tränen geweint waren gestand Miriam sich ein, dass ihr die kriegerische Seite ihres Mannes immer Angst gemacht hatte. Sie hatte immer weggehört, wenn er von seinem Dienst erzählte, ja, schlimmer noch, sie hatte sich verschlossen. Es war gerade so, als müsse sie tief in ihrem Inneren etwas beschützen, etwas Zartes, Liebevolles und Verletzbares und als wäre all die Gewalt, die ihr Mann mit nach Hause brachte etwas Fremdes, Unwirkliches.

Und so versprach Miriam ihrem neugeborenen Sohn, nachdem sie ihn willkommen geheißen und ihn das erste Mal mit seinem Namen angesprochen hatte, folgendes:

„Wir werden fortgehen, Amur. Fort aus diesem Land. Weit weg von Menschen, die sich Land nehmen, das ihnen nicht gehört. Die nur die Sprache der Gewalt kennen und nicht die Worte der Liebe. Die das nicht friedlich teilen können, was der Herr ihnen gegeben hat."

Doch das, was Miriam und ihr kleiner Sohn nun antraten, war kein Fortgehen. Es war kein Spaziergang in ein friedliches Leben mit freundlichen Menschen und selbstverständlichen Teilern. Es war Flucht. Flucht durch Siedlungsgebiete in denen mächtige Bulldozer ihre Schaufeln in die Erde versenkten und in denen es von Bewaffneten wimmelte. Flucht durch Absperrungen und durch Kontrollen, und nur ihre Ausweispapiere schützten sie und ihren Sohn vor Verhaftung. Mariam musste erkennen, dass die Gewalt in ihrem Heimatland etwas Nahes, Wirkliches war, und dass die Wirren und Unruhen die sie bisher nie verstanden hatte, ein Ausdruck der Furcht waren. Furcht vor dem Zorn jener, die man vertrieben hatte.

Eines Tages gelangten Miriam und Amur ins Westjordanland. Dorthin wo diejenigen lebten, vor denen man sich fürchtete. Sie vernichtete ihre Ausweispapiere, tilgte ihr Leben auf der anderen Seite aus ihrem Gedächtnis und fand Unterschlupf in einem Flüchtlingslager. Weiter kamen Miriam und Amur nicht.

Amur wuchs auf der Straße auf, entbehrungsreich und doch nicht armselig. Seine Mutter und er hausten in einem Kellerloch, doch immerhin hatten sie einen kleinen Holzofen auf dem sie kochen und sich wärmen konnten, und ab und zu brachten irgendwelche Wohltätigkeitsorganisationen Kleidung ins Lager. Miriam arbeitete hier und dort, tauschte und handelte und so gab es immer etwas zu essen. Amur verbrachte seine Zeit mit Freunden, mit wilden Spielen und mit Gerüchten und Geheimnissen. Vor allem die Älteren berichteten von Aufstand, von Waffenlagern und Bomben, und zunehmend spielten sie nicht mehr Fußball mit leeren Dosen sondern sie sammelten Stöcke, benutzten sie wie Waffen und spielten Krieg. Amur fand das aufregend und seine Freunde auch.

Miriam war immer mehr beunruhigt denn sie spürte, wie die Spannung im Lager wuchs. Es gab so viel Zorn über die unwürdigen und aussichtslosen Lebensumstände, die Zahl der Flüchtlinge nahm ständig zu und die Enge war erdrückend. In den Augen vieler Männer las sie eine wütende Entschlossenheit und viele Frauen erdrückte die Sorge um ihre Familien. Wie eine schwere, schwarze Gewitterwolke ballte sich Gewaltbereitschaft über dem Flüchtlingslager zusammen, so viel Trauer um unschuldig Getötete wurde laut und unzählige Vertreibungsgeschichten gingen von Mund zu Mund. Flüsternd erzählte man sich von Terroranschlägen die die Männer mit den entschlossenen Gesichtern drüben auf der anderen Seite verübt hatten, und als Antwort sprühten Bomben über den Lagerhimmel und brachten Tod und Verwüstung.

Miriam wusste, es war für Ihren Sohn und für sie höchste Zeit um ein zweites Mal zu fliehen. Doch wie? Die Gegend um das Lager war von einem hohen Zaun umgeben und der war bestens bewacht. Es gab keine Möglichkeit, die Barrieren zu passieren, es gab keinen Ausweg, sie waren gefangen. So beschloss Miriam, nicht mehr so viel Zeit mit der Nahrungsbeschaffung zu verbringen, auch auf die Gefahr hin, dass sie ab und zu hungrig zu Bett gehen müssten. Sie wollte versuchen, Amur von der Straße wegzuholen, sie wollte ihm von ihrem alten Leben erzählen, von seinem Vater und davon dass seine und ihre Wurzeln auf der anderen Seite waren. Von der Sinnlosigkeit der Gewalt. Und tatsächlich, Amur ließ sich fort locken und hörte zu. Schweigend und verschlossen, doch immerhin. Und irgendwann unterbrach er die Erzählungen der Mutter und stellte die Frage:

„Wusste Vater, was er tat?"

Miriam war erschrocken über diese Frage, berührte sie doch ihren wundesten Punkt. Die Antwort lag ihr auf der Zunge, doch ihr fehlte der Mut um sie auszusprechen.

„Dein Vater konnte nicht lieben", wollte sie sagen. „Er war blind und konnte nicht sehen, was er tat. Nur die Liebe macht sehend."

Amur spürte, dass die Mutter ihm die Antwort schuldig bleiben wollte. Dass sie ihn schützen wollte, so wie man ein unmündiges Kind vor der Wirklichkeit schützt. Wut packte ihn, unbändiger Zorn auf die Mutter die die Schuld und die Kälte des Vaters vor ihm zu verbergen suchte. Sein Vater, ein Gewalttäter und Landräuber von der anderen Seite. Amur sprang auf, lief hinaus auf die Straße, und wusste im selben Augenblick, wohin er gehörte. Hierher, in dieses Lager, ins Westjordanland.

Miriam litt unsäglich. Sie sah Amur erwachsen werden, doch er wurde ihr fremd. Sie wusste wo er war, wenn er nachts nicht nach Hause kam. Er war bei jenen, die Anschläge planten und ausführten, bei jenen die sich an denen rächten, bei denen sie einst zu Hause gewesen war. Dann, eines Tages, hörte sie ein feines Pfeifen in der Luft, es wurde immer stärker und Miriam wusste instinktiv, dass das eine Bombe war, ein Vergeltungsschlag von der anderen Seite. Die Bombe schlug vor dem Kellerloch ein und begrub Miriam unter den Trümmern.

Nach dem Tod der Mutter war Amur wie von Sinnen. Trauer war ihm nicht möglich, weinen konnte er nicht, er konnte nur noch hassen. Er verbot es sich, daran zu denken, wie liebevoll sie immer seinen Namen ausgesprochen und wie gerne sie ihm zärtlich übers Haar gestrichen hatte. Wie viel Wärme in ihren Augen stand, wenn sie ihn ansah. Wie bedingungslos sie ihn liebte.

Am selben Abend ging Amur zu seinen Freunden und stellte sich für den Vergeltunganschlag auf der anderen Seite zur Verfügung. Er schnallte einen Bombengürtel um und kroch durch einen Tunnel den er und seine Kameraden gegraben und schon öfter benutzt hatten, unter den Absperrungen hindurch auf die andere Seite. Dann machte er sich auf den Weg nach Jerusalem, in die Nähe des Tempelberges und als er dort angekommen war, zündete er die Bombe. Er riss zwanzig Menschen mit sich in den Tod.

Gabriel erwachte, benommen, verwirrt, wie nach einem langen, schweren Schlaf. Verstört schaute er um sich, so als könne er nicht begreifen dass er zu Hause war, in Sicherheit, in seiner himmlischen Heimat. Unmöglich, sich auf die Weite und auf das Blau einzulassen, all die Schwere abzuschütteln und sich so zu fühlen, wie ein Engel sich fühlt: hell und licht und leicht. Er schloss die Augen, atmete tief, und da stiegen sie auf aus seinem Engelherzen, die Worte, die ihm so wichtig gewesen waren. Die letzten Worte seines Herrn:

„Vergib ihnen, denn sie wissen nicht, was sie tun."

Dann erinnerte Gabriel sich daran, dass er den Herrn darum gebeten hatte, Mensch werden zu dürfen. Ja, damals wollte er verstehen. Er wollte wissen wie es sich anfühlt, wenn man nicht weiß, was man tut. Und plötzlich schafften sie sich Raum, die Bilder aus Jerusalem.

„Nein", rief der Engel entsetzt ins All. „Das kann doch

nicht sein. Ich bin doch nicht Amur. Ich bin doch kein Mörder."

Stille. Keine Antwort. Niemand da, der ihn tröstete und ihm versicherte, das alles sei nichts Weiteres als ein böser Traum. Ein Hinabschauen aus seiner Engelwelt, das Beobachten einer schrecklichen Entwicklung aus einer sicheren Lage. Langsam wurde dem Engel bewusst, dass es keinen Abstand zwischen Amur und ihm gab und als er es wagte, in sich hineinzuforschen, da fand er sie, die Gefühle und Gedanken, die Miriams Sohn gefühlt und gedacht hatte. Schwere, dunkle, namenlose Gefühle und Gedanken voller Verzweiflung und Hass. Nirgends ein Lichtstrahl, nichts Helles, Leichtes. Und das alles in ihm, einem Engel.

„Wie soll ich damit umgehen?", dachte Gabriel verzweifelt. „Was gibt es da zu verstehen? Wie gehe ich um mit Amurs Mörderkraft?"

Amurs Mörderkraft, murmelte er immer wieder vor sich hin, Amurs Mörderkraft. Er spürte diesen Worten nach und da war es ihm, als hätte er etwas entdeckt. So etwas wie einen Hinweis, einen Einstieg. Und dann wurde es Gabriel schlagartig bewusst.

„So ist das also", erkannte der Engel. „Wenn ich ganz ehrlich bin, dann verurteile ich Amur. Weil er ein Mörder ist. Weil er schuldig ist."

Kaum hatte Gabriel das gedacht, da hallten sie durch seinen Kopf, die Worte aus seiner Amurzeit: Der ist schuldig und der ist schuldig. Und den müssen wir töten, weil er an diesem und an jenem schuldig ist. Schuld hüben. Schuld drüben. Schuld und Rache überall.

„Kann das sein?", überlegte Gabriel. „Hindert das Verteilen von Schuld vielleicht daran, in sich selbst hinein zu forschen? Ist es das Abweisen und Verteilen von Schuld, das blind macht? Verschloss Amur wegen der Schuld die Augen und wusste nicht, was er tat?"

Gabriel atmete tief, horchte hinein in sein Engelherz und da löste sich ein wunderbares Gefühl. Dankbarkeit durchströmte den Engel, Klarheit und Durchblick.

„Endlich, endlich", freute er sich. „Endlich begreife ich die letzten Worte meines Herrn. Endlich verstehe ich seine Bitte um Vergebung. Seine Bitte um Befreiung von Schuld. Endlich verstehe ich, warum die Menschen nicht wissen, was sie tun."

Anschließend tat Gabriel das, was er tun musste. Er gab den Abstand zu seinem Erdenweg auf und ernannte Amur zu seinem Bruder. Er nahm ihn bei der Hand, durchstreifte mit ihm sein Erdenleben, jede Kleinigkeit, jeden Atemzug, jeden Tag. Sie lernten sich erkennen und lieben und schätzen, durchlebten gemeinsam alles Unrecht und allen Schmerz, nahmen die Schuld in ihre Hände und erforschten sie. Die Schuld des Vaters und der Mutter, Amurs Schuld. Sie hörten den Ausreden zu und den Versäumnissen und als sie lange genug unterwegs gewesen waren, gelangten der Engel und Amur zur Erkenntnis. Sie erkannten, dass sie gemeinsam etwas Wesentliches abgespalten und nicht gelebt hatten, doch um sich das einzugestehen, mussten sie sehr ehrlich mit sich sein. Ja, sie beide waren Kinder der Sterne, doch sie hatten diesen Umstand während ihres Erdenweges vollständig vergessen. Als Amur zum zweiten Mal vor der Entscheidung stand und den Bombengürtel in den Händen hielt, da blickte er seinem Engelbruder in die leuchtenden Augen und legte all die Mörderkraft entschlossen beiseite.

„Ich habe mir alles angeschaut und ich habe alles verstanden", sagte Amur anschließend. „Diesmal weiß ich, wer ich bin und was ich tue."

Doch damit ist die Geschichte nicht zu Ende, denn der Engel aus den unendlichen Weiten hat etwas Wichtiges, Menschliches gelernt. Ein Teil von ihm ist sozusagen Mensch geworden, er hat gelernt zu fühlen und Gefühle zu verstehen. Vor allem dunkle Gefühle. Und so entschied auch er sich ein zweites Mal, er kehrte zurück. Endgültig. Er ist überall dort, wo um Verständnis gerungen wird und jedem, der es hören will flüstert er zu: „Verteile keine Schuld. Erinnere dich, wer du bist. Du bist ein Kind der Sterne."

Zur Geschichte dieses Buches

Seit acht Jahren, jeweils einige Wochen vor Weihnachten, bat mich die Vorstandschaft des Musikvereins St. Christina aus Ravensburg, für ihre Weihnachtsfeier eine Weihnachtsgeschichte zu schreiben und vorzulesen. Und so schrieb und las ich, Jahr für Jahr, und steckte anschließend das Geschriebene zu Hause in die Schublade. Dort lagen sie und dort blieben sie, die Geschichten, stumm und vergessen.

Nun muss ich sagen: eine Schreiberseele schreibt. Sie lässt Geschichten entstehen, malt mit Worten, beschreibt Gefühle und spielt mit ihren Figuren. Das ist eine wunderbare Sache, eine große Freiheit, doch weiter hat es bei mir selten gereicht. Und deswegen braucht es Mutmacher, Mitmacher und Schubladenöffner, Menschen, die klarmachen: Da gehören die Geschichten nicht hin. Glücklicherweise leben solche Menschen in meiner Umgebung. Da ist meine Tochter Maria. Sie hat die Geschichten gelesen und war entrüstet über ihr Schattendasein. Und da ist meine Medien studierende Enkelin Alica, sie machte kurzerhand das Layout. Und dann gibt es Anita Kretz aus Leutkirch im Allgäu, sie malte das Titelbild. Diesen drei Menschen danke ich von Herzen. Ohne sie würde es dieses Buch nicht geben. Ich danke aber auch der liebevollen Hand, die mir die Fähigkeit des Schreibens mit auf meinen Lebensweg gegeben hat.